妻よ――ユーモア川柳乱魚句文集

今川乱魚

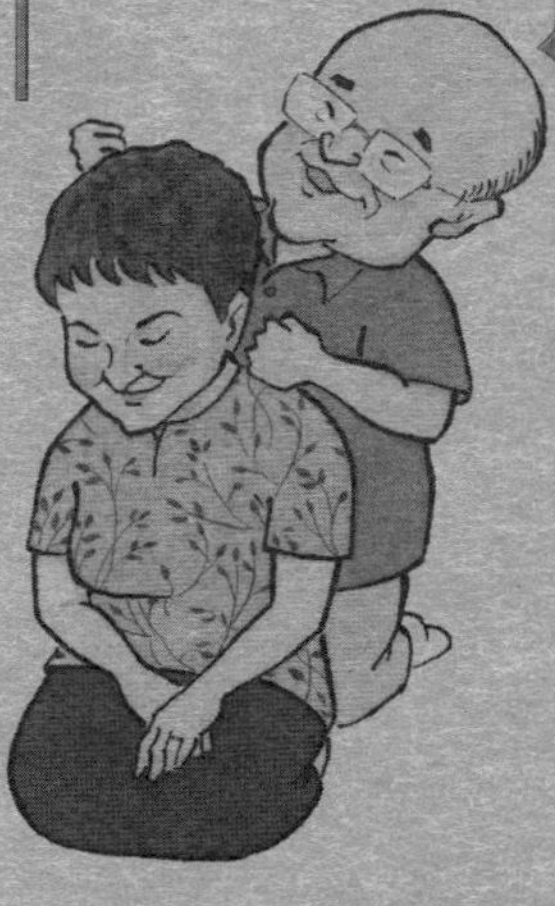

新葉館出版

序

さらりとした、密度の濃い関係に共感

佐野真理子

今川さんとは昨年（二〇〇六年）、国際電気標準会議（ＩＥＣ）が創立百周年を記念し、川柳を一般公募したとき私も審査委員の一人として招かれた際、初めてお会いした。それまで川柳と俳句の違いも覚束なかった私にとって、五・七・五という短い言葉に収められた作品の数々はどれも新鮮で、こんなにも端的に、詠む人の内面、心のひだが自由闊達・率直に描けるのか、と驚いたことを覚えている。審査委員長だった今川さんの講評を道しるべに、日本語の面白さ、その奥深さに触れた思いがし、以降、私も川柳の一ファンになってしまった。

だから、そのときまで私は今川さんが、全日本川柳協会の会長さんであるなどとは全く知らなかった。がんに立ち向かい、闘病の中でもずっと川柳を詠まれてきたことも後に知った。各地の川柳会に寄稿され続け、「癌と闘う」「銭の音」などの「乱魚句集」をはじめ、多くの句集を刊行されてきたことも後に知った。一期一会、出会いの不可思議さを深く感じ入っている。

その今川さんが「つくばね」誌に連載されてきた「妻よ」を句集として刊行されることとなった。「乱魚ファン」であれば誰もが今川さんの「奥さん思い」は知っている。高校時代から始まるお二人の付き合い、今に至る闘病生活、出版活動をずっと支えてこられた奥様への思い、お二人の長い足跡を〝夫婦史〟としてまとめられた。発刊を待ち望んでいた人は数多いのではないか。

この「妻よ」にはユーモア、笑い、ほのぼのとした自嘲、希望、そして愛、がぎっしりと詰まっている。何気ない日常に、悲哀満ちた事件に、直面された試練や出来事に、いつも奥様が一緒にいた。お互いが向き合う機会さえ見失う夫婦が多い中で、「妻よ」は男と女が大切にすべき心の持ちようを明らかにしている。それを年の功とか、年齢とか、経験とか、ありがちな言葉では説明できない。離れていても、言葉を敢えて交わさなくても、二人の間にあるずっしりとした密度の濃い空間。二人にしかわかり合えないサイン・・・。

今の時代だからこそ、それをさらりと提示された「妻よ」に共感される読者が多いと信じている。

平成十九年五月

（主婦連合会・事務局長）

妻よ―ユーモア川柳乱魚句文集 ■ 目次

序――佐野 真理子 3
口切りに 11
第一章 妻との朝な夕な 13
妻と――その一 25
第二章 やりとりの妙 45
妻と――その二 59
妻と――その三 69

第三章　目立たない妻の好み　81
第四章　妻にならう　97
妻と――その四　107
妻と――その五　113
第五章　二人の思い出　121
第六章　病んだときの頼り　139
第七章　妻と生き物たち　169
妻と――その六　173
妻よ――川柳夫婦小史を　187

装画／西田　淑子

口切りに

若いときには考えもしなかったことだが、二〇〇五年二月で古稀を迎えてしまった。これを機に、「妻」を詠んだ句を挙げて、私たちの夫婦史を書いてみようと思いついた。一つは、年のせいで今までは照れ臭くて言えなかった話にもあまり抵抗感がなくなってきた。こんなことは誰にだってあるし、自分だけの秘密ではないという気がしてきたからである。もう一つは、妻に直接「ありがとう」と言う機会が男としてはなかなか作れないので、川柳を通して言っておけば、その何分の一かは借りを返せるのではないか、と思ったからである。前者の「抵抗感」がなくなったというときは、自嘲的に「抗癌剤の副作用で」と付け足すことにしている。後者の「妻への感謝」は素直な気持ちになれば、さほど難しいことではない。こちらから「ありがとう」と言えば、向こうからも同じ言葉が返ってくる。挨拶と似たようなものである。

第一章

妻との朝な夕な

一生を妻に見送られてばかり

もう十五年以上前からのことになる。毎朝出がけに妻は私を家から坂の下まで見送ってくれるのが習慣になっている。門を出てから坂の下までは七、八十メートルほどある。その間の会話は、今日の予定や道ばたの草や木の様などで、それほど大事なことを話すというわけではない。坂の下で「じゃあ行ってきます」と言って私は駅に向かうが、妻は二、三分そこに立って私を見送る。大病のあとは「姿勢と足取りの良し悪し」を観察している、と言われたことがある。

そこから直線距離にして約二百メートルを行く間に、私は一度は振り返る。

たいてい妻はまだ立っている。

人間には別れたあと振り返る習性があると聞いているが、私も振り返る習性を持っている。営業マンは、客が振り返るまでは見送るのがマナーだそうだ。

旧遊郭吉原からの日本堤の道筋には、遊女との後朝（今や死語であるが、きぬぎぬと読む）の別れを惜しんで振り返る「見返り柳」が残っていた。遊郭の史跡解説として、教育委員会の立て札を読んだことがある。

妻を見送ったことはあまりない。妻が一人で出かけることはあまりないし、買い物に行くときはたいてい自転車だからあっという間に消えてしまう。

妻に手を振るようなことはなおさらないが、もし私がそうすれば妻は嫌がるかも知れない。

夜話がいつか寝息に変わる妻

夫婦ではけっこうよく話をするほうではないかと思っている。昼間仕事で私が留守をしているので、川柳の仲間や知人から電話があっても、失礼があったり、話が頓珍漢になって通じなくてもいけないので、妻には概略の人間関係などを話しておく。その日にあった主なことや、新聞やテレビで感じたこと、人間関係の愚痴なども話す。勤めの帰りに他人の夕刊紙を覗いて目に入った記事のことも話す。私が早耳だと思って話すと、彼女はテレビのニュースで見ていて向こうのほうが詳しいこともある。

私自身はまじめなことを言うほうが多いのだが、もともとの発想や意見が変わっているためか、ときどき大笑いされることがある。先日もサリドマイドが癌への効果があり、見直されて、近く発売されるというテレビのニュースがあったので、私が「癌に効くのなら試してもいいが、副作用で手がだんだん短くなるのは困るな」と言ったら「以前のサリドマイドの薬害は胎児の話ですよ。老人の手が短くなるなんて、よくそんなおかしな発想をするもの」とケラケラ笑われた。子ども扱いである。

風呂に入って寝についてから話の続きをすることがある。お互いのベッドの間隔は四十センチぐらい離れている。二人とも天井を向いたまま二十分ぐらい話していると、いつのまにか一方が眠くなる。日中買い物や庭作業で疲れているのか、妻のほうが先に寝息を立て始めるほうが多い。今日の夫婦の話もこれにてお仕舞となる。

十回と妻の名前を呼んでない

妻を呼ぶとき、結婚前は名字で呼んでいた。手紙もよく書いたが、そこでも呼びかけの言葉は使ったことがなかったたし、そんなことは外国人がすることだと思っていた。

結婚後は二人の距離が縮まったせいか、なおさら名前を呼ぶこともなくなった。話をするときには今もいきなり本題に入っていくようになった。妻が私を呼ぶときは「あなた」と呼ぶ。特にアクセントやイントネーションがついて呼ばれたことはない。それも今では私同様いきなり本題から話を始めることが多い。つまり夫婦お互いにこれまで相手の名前をほとんど呼んだことがない。恐らく日本の夫婦はどこも同じではないかと思う。

外国映画ではファーストネームやニックネーム、ときには「ダーリン」などと呼んでいるのを見ると、決して悪いことだとは思わないが、何となくすぐったい思いがする。日本人夫婦はお互いに名前を呼び合わないほうがよい。

他人との電話で夫をどのように呼ぶかを注意して聞いていると、相手によって変わるらしい。気のおけない人に対しては「うちは」、かしこまった相手には「今川は」と使い分けている。川柳人相手には「乱魚は」などと言っている。

最初のうちは「ああ俺は乱魚なのか」と思っていたが、近ごろはこの呼び方をされるほうが多くなっている。

子ができて子の呼ぶように妻を呼ぶ

私が二十九のときに長男が生まれ、三十一のときに長女、三十二のときに次女が生まれた。三年で三人の子持ちとなった。大阪に単身赴任してから在阪十年半の間に家族は五人に増えていた。そのころは千里山の団地に住んでいたが、大阪万国博覧会の開催予定地として隣りの新千里山はどんどん開発が進んでいた。

三人の育児をしていた妻は大変であったが、今となれば産んでおいてよかったと妻も私も思っている。長男が産まれた時点で妻は勤めを辞めた。それまでは共働きであったが、妻は会社では先に役付きになっていたので、月給は妻のほうが私より額が多かった。これを言われると今でも頭が上がらない。

子どもには「お父さん」「お母さん」と呼ばせた。夫婦間ではというと、いつの間にか、子どもの前ではお互い「お父さん」「お母さん」と呼び合うようになった。孫ができてからはそれが、「おじいちゃん」「おばあちゃん」になっているが、別に若ぶることもなく、抵抗感はない。

私は自分を一人称で「俺は」という。距離のある人の前で「私は」とか「僕は」ということもある。妻までが「俺ははどうしますか」と二人称風に使うことがある。夫を「ボクちゃん」と呼ぶ奥さんもいたが、そんなとき何となく彼は飼われているな、と思えてくる。日本語では会話も川柳も主語を省略する。それでいい。

どれも妻が産んだ子なればひいきせず

三人の子どもを風呂に入れるのは私の役ではあったが、それも楽しみの一つであった。面倒なので一人ひとり湯船の中で洗っては、妻の持つバスタオルにほいほいと渡した。やがて三人の子は次々と同じ私立幼稚園に入った。二人続くと費用はけっこうな額になったが、妻は産んだ時点で覚悟していた、と動じなかった。私はというと週末土曜日の午後は勤め仲間とマージャンをしたりして、決して優等生パパではなかった。

三人目の出産で妻が産院にいたときにも、私が産むわけではないなどと言ってマージャンをして帰ったが、妻と妻の母にそういうものではないと苦情を言われた。この話は今もときどき持ち出され、これにも頭が上がらない。

日曜日は、よく子どもの手を引いて散歩に出た。金もかからないし、子どもも喜んでいた。思えば私が小学校入学前のころ、父は荒川土手へ散歩に連れて行ってくれた。途中ふところから菓子でも出してくれようものなら、弟と大喜びをした記憶がある。その父は私が小学校五年のときに戦死した。

散歩のとき、最初は三人の子がそれぞれ私と手をつなぎたがった。もう一本手があればいいのにとも思った。でも間もなく長男がお兄ちゃんらしく、妹二人に譲ってくれるようになった。

散歩をしながら、私はよく歌を歌った。ラジオで覚えた英語の歌は「聖者の行進」「花はどこへ行った」「ファイブハンドレッド・マイルズ」などの反戦歌。スペイン語講座で覚えた歌は「さらば草原よ」「細き光に」など。ドイツ語の歌は「野ばら」「ムス・イッヒ・デン」などであった。子どもたちも分からないながら一緒に口ずさんでくれていた。この間に妻は洗濯や台所の仕事を片付けていた。

これらの歌は今ではうっすらとしか記憶に残っていない。また、スペイン語は片言ながら、仕事での中南米、スペイン、ポルトガル、イタリア出張の折などに少しは役に立った。

ブエノスアイレスの酒場では、各国の人の歌にアコーディオンが伴奏してくれる。お節介な人がいて「ハポネス・アキ（日本人がここにいる）」などと言うものだから、とうとう引っ張り出され、リクエストの「スキヤキ」を歌った。外国人はお世辞がうまい。「あなたはシンガー（歌手）か」と言ったものである。すっかり話が脱線してしまった。

妻と――その一

後半は妻に取られたサーブ権

ずり足で妻の地雷をさぐり当て

妻の許可貰って赤いシャツを着る

妻無言　無言電話の比にあらず

冬型の気圧配置だ妻の眉

私先に逝きますからと脅す妻

新聞で妻の視線をよけている

妻が同じ墓に入ると限らない

退職に妻一言も異を立てず

義母の口癖を妻からうつされる

妻の書置き買い物でほっとする

そう度々あることではないが、妻は必ず家にいるものと思い込んでいるから、勤めから帰って留守のときは何となく落ち着かない。つい台所や庭を探してしまう。この辺は子供も猫も私も同じ気持ちであった。ふとテーブルの上を見ると書置きがある。「お使いに行ってきます」。まさか家出というような不安はこれで解消し、私はやおら服を着替えて、自分のパソコンの電源を入れるのである。妻の外出の用件の多くはお使いで、ほどなく自転車に山ほど買い物を積み込んだ妻が帰ってくる。その時になってわが家の日常が戻るのである。

ケータイを持っていない私も妻の留守に出かけたりするときは、同じようにメモを残すように心がけている。ケータイは便利であろうが、書置きにある緊張感や安堵感はないのではないかと思っている。

妻の留守とは逆に、長男、長女、次女の一家などが私の帰宅前に来ていることがある。玄関を入って何足もの靴が脱ぎ捨てられているのを見ると、何となく心浮き立つ。小学校以下の孫達が来ているときは「おじいちゃん」と呼び掛けながら駆け寄ってくる。たったそれだけのことで、一瞬の幸福感に浸ることができるのであるから、幸福などというものは案外些細なものかも知れない。やがて双方が飽きたころ、私は賑やかな来訪者達に帰宅を促すことにしている。それぞれの明日の暮らしがあるからである。「孫は来てよし帰ってよし」という穿った俗諺が頭にひらめく。

買い置きの菓子嗅ぎ当てる鼻を持ち

四回目の癌手術後約十キロ痩せた。食べるものは何でも食べるが、手術以前に比べ量は三分の二、それも時間を掛けて食べる。酒も少しは飲んでもよいと医師に言われているが、ビールをコップに一、二杯がせいぜいでかつての十分の一以下しか飲めない。体重を増やす要素は今のところない。その代わり間食に甘いものを摂ることは多い。

電車の中でも食べられるように、妻は乾燥芋や駄菓子類を小分けにしてビニールに包んでくれている。せんべいのように音のするものは敬遠している。それとペットボトルに入れて貰ったお茶を毎朝カバンに入れて勤めに出る。

電車は時間帯をずらし、往復腰掛けて乗るようにしている。やおら間食用の菓子を食べ始めると、他の乗客からは見て見ぬ振りの視線が向けられる。でも体力維持のためには止めるわけにいかない。

いまや、妻が買い置きしている菓子類の何がどこにあるか、かなり鼻が利くようになった。命の知恵である。

まんじゅう、菓子パンの類は食卓のすぐ脇の篭に入っている。あめはのどあめ、ミルクあめ、果糖、ニッキなど六、七種類が戸棚、引き出しにある。私は最後まで舐めていられない性質で途中からガリガリと噛み出す。電車の中で音を立てて噛んで振り返られることもある。せんべい、かき餅も大小五種類、それに来客用の小袋入りのものもある。子どもみたいだが鼻がいるというわけだ。

妻の巣に床暖房と掛け毛布

人間の巣は家であるが、さらに家の中には夫の巣と妻の巣、子どもがいたときは子どもたちの巣があった。

私の巣は小さいながら書斎であり、兼物置でもある。パソコンがあり、書棚が五本ある。はみ出た書類は妻が組み立ててくれたいくつかの収納ボックスにある。機能としての巣は原稿書きをするところであるが、当初の考えは、ボックスとボックスに渡した幅四十センチ長さ三メートルほどの厚手の板であったが、今やその上にも本や書類の山ができている。

その山は、居間や奥座敷のテーブルにも進出している。客があるときは、慌てふためいてそれらを脇に寄せるから、その後は探し物をしなければならない。ときにはパニックになる。「あれはどこにいったかな」などと聞こえよがしの独り言をいうと、妻も探しものに巻き込まれる。見つかった後には、整頓はいかにすべきか、という至極ごもっともなお説教を聞かされる。

ところで、妻の巣はテレビの前で、マッサージ椅子と妻用の机の間にある。そこは床暖房が入っており、エアコンもある。さらに毛布も敷いてあり、掛け毛布と枕、座布団も用意されている。テレビ番組選択権は主として妻にあるので、朝日新聞と日経を朝夕講読している私だが、テレビ欄は不要であった。反面、妻はその欄を見やすく折りたたんでいるテレビ欄愛読者。従ってニュースは私より彼女のほうが早い。私は朝、新聞を読みきれずに出勤するときもあるが、妻の情報源として新聞は欠かせない存在である。

妻の溜息が聞こえる残りめし

私は病気をする前には、食事を残すことはほとんどなかったが、胃を全摘してからはご飯もおかずも一応全部手をつけるが、きれいに食べることはできない。妻はいつも私よりも遅く食べ始めて終わるのは早い。申し訳ないが、私が残したものを妻に食べてもらうことも多い。以前は私のほうが何でも多く食べていたのであるが、胃のあるなしは、こんなにも違うものかと、残念に思う。妻は食べたくないときももったいないので無理して食べているのではないかと思うと、ため息が聞こえる思いである。

食卓の角度から私にだけ見えるテレビを横目で見ながらゆっくりと少量の

食事を摂るのであるが、ちょっとでも食べ過ぎると苦しくなってソファーに休む。その加減がいまだによく分からないでいる。

私の癌闘病句集に「腸健気先立たれた胃の代わりして」という句がある。腸が胃の役目をするという説は、どうも怪しい。胃を全摘してからためるところがないので、多めに食べると苦しいのである。

担当医は面談のつど「食事は摂っていますか」と聞くので食欲がないときでも三食は食べることが大事であることはよく分かる。多少気分がすぐれないときでも箸はつけることにしている。胃のあった頃の記憶はまだ残っていて、もう少し食べられると思っても突然満腹の注意信号が出て慌てる。

だが、食べている限り死ぬ気はしないのである。

妻に聞かす小さな手柄話あり

愚痴をこぼしてもあまり問題の解決になることはないが、小さな手柄話も多くは自己満足をするだけである。でも誰かに話さないと、気が済まないときがある。「俺が俺が」の話は、相手によっては聞くだけ不快になることもあるであろう。だが、妻だけはそれを聞いてくれているような気がする。それが夫婦というものかも知れない。手柄話そのものは大したことではない。自分の機転で仕事がうまくいったとか、誰々よりも自分の生き方のほうがましであるとか、川柳句会で成績がよかったとか、実に他愛のない話が多い。それでいて、簡単に「あ、そう」と片づけられるだけではもの足りない。若干のコメントと同調が欲しいのである。そう思ってみると誰でも小さな自慢のタネはあるものである。

私の定番の手柄話に自分と同じ病気のことがある。新聞の死亡欄で「癌で死亡。何歳」という記事を拾い読みする。「同じ胃癌でも、この人は俺より若くして亡くなった。俺はこの人に勝った」という他愛のない話である。

でもこれが夫婦の会話の糸口になることもある。どこの病院にかかったか、普段はどんな食生活をしていたか、家族構成はどうであったか、仕事に無理はなかったか、どんな趣味を持っていたか、政治家や芸能人の場合は過去にどんな業績があったか、などと話はそれからそれへと飛び火する。ときには亡くなったその人に対する評価で意見の相違があって、急に白けることもある。それでも夫婦の会話はないよりもあるほうがよい、と思っている。

おはようと妻には眠い声を掛け

朝はだいたい妻のほうが先に目を覚ましている。何をしているかはそのときによって違う。というよりも私の起きる時刻によって妻のすることが違うと言うほうが当たっている。新聞を読んでいることもあれば、台所に立っていることもある。庭の畑へ野菜を摘みに行っていることもあれば、明けるのが早い夏には庭木を鋏んでいることもある。

私自身は先に目を覚ましたときはたいてい新聞を取ってきてソファーに寝転んで読んでいる。妻が起きてきたときには、眠い声で「おはよう」と言うことにしている。挨拶はそれだけで、妻も「早いわね」というだけである。

お互いにまだエンジンが掛かっていない。

若い頃には目覚めもよく、顔を合わせればいきなり本題の話に入って行けたが、年をとってからは、挨拶の言葉を口にしないと脳も起きてこないように思う。礼儀の話ではない。

夜寝るときは特に「おやすみ」とも言わない。風呂は私が先に入ることが多いが、その間妻は新聞を読んでいる。別に順番を決めたわけではない。話の続きがあるときには、ベッド越しに話すこともあるが、それも十分とは続かずにたいてい寝てしまう。私はたまに気がかりなことがあるときとか、原稿を書き終えたばかりで気分が高揚しているときに、すぐ寝つけないこともあるが、そんなときに川柳が思い浮かぶと、のこのこと起き出しては手帳に句を書きつける。朝起きて読むと、それらはろくな句でないことが多いのだが。

妻は笑い転げてボタン掛け違う

妻はよく笑う。笑ってくれるといったほうがよいのかも知れない。会話をしていても、テレビを見ていてもひとりで声に出して笑っている。私のほうは男だからそんなときにあまり笑わない。高座で噺家が笑わないのと同じだと思っている。それでも、案外そと面がいいのか、他人からはいつもにこにこしている、とよく言われるし、写真を撮られるときはできるだけ笑うように心がけている。

妻がよく笑うのは、私が無心に子供っぽいことをしたときである。着替えたときにボタンを掛け違っていることはよくある。「下から掛ければずれないのに」と言われるが、それでもずれるときがあり、笑われる。でも笑われること自体はそう不愉快ではない。私も一緒に笑う。小さな失敗をすることは夫婦円満の秘訣であると思う。ワイシャツのボタンのずれを勤め先に行ってから気づくこともある。私は鈍いのであろうか。ここで掛け違うボタンは比喩的なものではなく、ただのボタンである。

私があまり当たり前過ぎることを言うときも笑われる。スポーツ選手のファインプレーや芸能人の名演技、あるいは学者や作家の優れた業績の場合もある。私が素直に感心するところまではよいのだが、「俺にはとてもできないな」などと余計なことを言うものだから、妻は「できないに決まっているじゃない。比べるほうがおかしいのよ」とケラケラ笑う。私としては素直に感想を述べただけなのだが。

夫婦別れする演歌なら決めてある

妻殺し夫殺し恋人殺しの新聞記事を見ながら、私は「殺すくらいなら別れたらいいのに」と、独り言とも問いかけともつかない言葉を漏らすことがある。そんなとき妻は同感だという。そして「私なら、どうしても我慢できないときは、一人で家を出て行きます。財産や慰謝料を寄越せなどとは言いませんから」という。イプセンの「ノラ」とはちょっと違うとは思うのだが、これが私に対するほとんど唯一の嫌みだと感じている。そして多分本心だとも思う。

この話のあとよく出るのは、都はるみの演歌「好きになった人」の冒頭の一節である。「さようなーら　さようなら　元気でいーてーね…」その後の文句はお互いに覚えていないから、そこまでで終わりである。ときには私も唱和する。この歌を歌って別れようという。ともに七十を過ぎ、こうした話もわが家では現実みを失ってきているが、年金の夫婦二分割受給の法律ができて、熟年離婚の相談が増えているというニュースを聞くと、まだまだ都はるみの歌も生きていると思わねばならない。

話は始めに戻る。「殺すくらいなら別れたらいいのに」という考えはもしかするとずれているのかも知れない。「別れるくらいなら殺したらいい」という筋書きがあって相手の首を締める人もいるのだろう。その根本となる理由はやはり金か。金が仇の世の中、というのは昔も今も変わらない。人間とは業なものである。

話題とぎれたら天気の話する

わが家は夫婦の会話が多いほうではないかと思う。私がお喋りだからである。勤めでのこと、その往復でのこと、川柳会のこと、人と会ったことを喋る。出来事だけでなく、それに対する意見、分析が加わるから話はなかなか終わらない。妻は子どもからの連絡、近所づきあい、買い物での出来事、新聞記事、テレビの解説をするから、これも終わらない。どちらか黙った方が負けである。

会話が途切れたときは、よく天気の話になる。日本には四季があるから、天気の良し悪し、雨風、それに昨日、今日の天気、明日の予報とあるから話題には事欠かない。これに植物の生育、どんな花が咲き、実がなった、と当たり障りなく発展する。天気では意見の食い違いもあまりないから、喧嘩になることもない。日本人の短気を補うのは、天気の話題に限る。道で近所の人と会ったときの挨拶にも私は「いいあんばいです」などとつけたす。

私の旧句に「長生きをしてお天気をよく当てる」があるが、これも何となく長生きをして、何となくお天気の話をする心境なのである。

話題がなくなったときにはお互いに黙っているのも悪くはないが、黙っていては何を考えているのか分からないから、少なくとも相手の害になることは考えていないという証しにお天気の話をしているほうがよい。俳句の季語には天気の言葉が多いから「俳句は挨拶」という見方もされている。

第二章　やりとりの妙

金のないときには妻の顔を見る

妻は決してけちではない。かと言って無駄遣いもしない。どちらかと言えば必要なお金は先回りして出すほうである。私にとっては毎月の小遣いの額が多少気になるが、結婚当初から月給手取り額の十五%ぐらいは貰っている。ボーナスのときは別に貰っていた。これで小遣いに不自由をしたことはない。

この率は妻が新聞を見てサラーリーマンはこのくらいの小遣いは必要だそうだと言って決めてくれた額である。これからはみ出るようなことがあっても、必要な交際費とか服を買うといった正当な理由があれば、こちらから請求しなくても、彼女のほうから丸い数字にして出してくれている。

妻の好きな言葉に「ゼロにいくら掛けてもゼロである。だから種銭を作ることは大切だ」という邸永漢の言がある。私が金の話を軽く見ると、この言葉がよく出てくる。考えてみれば種銭を貯めることも、金利に関心をもつことも貯蓄の原点である。私もようやく貯金の取り崩しなどは、金利の高いものを残して、安いものから崩すというぐらいの感覚にはなった。

それとなく「何で私と結婚する気になったのか」と妻に聞いたことがある。その答えは、真面目だとか、頭がいいとか、優しいとか、もちろんハンサムであるとか、ではなく、「あなたが貧乏でもがんばっていたからよ」という言葉であった。昨今話題の「玉の輿」にはまったく興味がなかったということであった。ただし、縁談は他にもいくつかあったと付け加えていた。これに対して、私は「それは賢明な選択だった」と言うことにしている。

妻の正論をハイハイ聞いている

どこの夫婦も同じではないかと思うが、妻という人種はあまり間違ったことを言わない。それに比べると、夫という人種はいい加減で、しばしば法螺や嘘も言う。積極的に嘘を言わないまでも、都合が悪いとだんまりを決め込む。いわゆる不作為の嘘である。私がこの世で一番たくさん話をしている相手は妻であるが、今までこの話は嘘だと思ったことは一度もない。逆に、すべてごもっともなのである。ごもっともだから議論にならないし、反論の必要もない。ハイハイとは言葉に出さないが、頷いて聞いている。

勤めから帰ると、夫婦で今日あったことを話し合う。テレビではどんな事件があったか、近所の人と会ってどんな話をしたか、買い物の途中で知人に会ったらこんなことを言っていたというような一日の小さなニュースが妻から話される。子ども三人が家にいたときは、子どもの話題が多かったが、いまはときどきしか出ない。代わって健康と病気の話が増えた。妻の話は具体的であり、しかも割合に客観的なので、あまり文句のつけようもない。

私からは、通勤での出来事、職場での仕事や人間関係の話、知人の消息、趣味の川柳にまつわる話などをするが、ときに政治や経済、社会の話題も混じる。私の話はかなり主観的である。自分を棚に上げて「あいつはバカだ」などと言おうものなら、やおら妻にたしなめられる。「争うとそのときは気が済むが、修復には時間がかかるでしょう」とか「そういう話は自分から言わずひとに認めさせたほうが無難ですよ」などと。かなり高等戦術の正論である。

妻がノーと言えば死ぬまでノーである

妻との間で厳しい対立関係が生じたことはほとんどない。どちらかが譲り合うというか、黙認し合って無事に通過する。私が外でいい格好をして、家に持ち込むこともなくはないが、たいていは妻が対応してくれる。

毎月家の二階で999番傘の柏勉強会を開いているが、そうしたらよいと提案してくれたのは妻のほうからである。公民館の代わりに場所を提供するだけだから、サービスはしないと言って妻は姿を現さない。とは言っても会場の掃除はしてくれる。また暑気払いや忘年会をやると言えば、適当な酒のつまみは買い揃えてくれる。私が病気で寝ついても、「二階に仲間が来てくれれば会えるでしょう」などと言ってくれる。

妻自身は川柳をすることにはノーである。地域の活動でヌーベル文化賞を受賞したときも式に夫婦で出ることは嫌がっていたが、私が「妻に逃げられたと思われてもまずい」と言ってしぶしぶ出て貰った。そのときのスピーチで、私がワル乗りして「副賞の行方は妻に聞いて欲し」とやったものだから、「人聞きが悪い」といってそれ以来、彼女は夫婦同伴の席に出てくれない。

もし妻が川柳をしたら、読心術では彼女のほうが上手で、心の機微を詠むことも多分私はかなわないであろう。

古川柳を読むと微妙な心理描写があるが、作者は男であっても句材となった場面は妻との会話から仕入れたと思えることが多い。

買い物のうまい妻には逆らえぬ

妻は買い物上手、というよりも主婦は誰でもそうなのかも知れない。あるいは私が買い物下手なのかも知れない。デパートの安売りで、掘り出し物と信じて衣類などを買って自慢をしても、妻は全然感心しない。それどころか後日同じようなものをほとんど半値に近い値で買ってくることが少なくない。

そんなときに、妻は私が挫折感を抱かないようにねぎらいの言葉を用意している。「今回は○○球団の優勝セールで特別安かったのだし、その前にあなたは買ってきたものを着ているのだから、それはそれでしょうがないんじゃないの」と。だが私も実用本位でないおしゃれグッズを買ってきたようなときには、簡単には気持ちの整理がつかない。内心では「同じようなものを半値で買って着ている男がいると思うと癪にさわる」わけである。一種の対抗意識であるが、五、六回着たころにはそんな気持ちも消え去ることが多い。

食料品となると、まったく妻には太刀打ちできない。必ず妻の買うもののほうが安くて質がよい。私だと単純に、一山いくら、とか一袋いくらで高い安いを比較するが、妻にはこのほかに別の物差しがいくつかある。グラム単位では、賞味期限を考慮すると、この店とあの店ではどちらが安いか、というようなことを瞬時に計算して、得か損かを決めるのである。

そんなとき、私はあっさり降参することにしている。何しろ向こうはソロバンの使い手で暗算が早く、筆算だろうが電卓だろうがちょっと敵わない。下手に抵抗しないほうがよいと割り切っている。

ハンカチに始まるタンス整理法

タンスといっても私の小さな下着タンスである。自分でどこに仕舞ったかを覚えていないので、出がけによく混乱した。見かねて妻が買ってきてくれたタンスである。上の扉の中には帽子、手袋、風呂敷が入っている。

引き出しは身体に着ける順に上からハンカチ、ワイシャツ、ポロシャツ類、下着シャツ・下ばき、パンツ、靴下となっている。今や目を瞑っていてもどこに何があるか分かる。そうなるとだんだん欲が出てきてハンカチは無地、模様、タオル地と分ける。靴下も青系、茶系、グレイ系、黒にまとめるということになる。それでも、緑が入ると少し混乱する。

衣類はまだしも書類、本、雑誌、手紙類となると、なかなか収拾がつかない。川柳協会の書類ファイルだけでも、毎月の委員会、役員会、全国大会、国民文化祭、監督官庁への申請、補助金の要望など、分類、保存の必要があるものは年に四、五冊分はある。それが五、六年分はある。

本が大変である。自分で買う本だけでも川柳書以外にけっこうある。変な言い方だが、購入誌と頂く句集、雑誌類でも毎月二、三十センチにはなる。さらによくないのは自分で刊行する本の在庫である。本箱はもちろん、二十平方メートルある物置は既に満杯に近い。時おり自分が死んだらどう処分されるかと、考える。でもうっかりそんなことを言うと、また土地の俗諺が出てくる。「川には蓋がしてない」ほんとに死ぬのであれば、いつでも川に飛び込める、脅しに死ぬなどということを言うものではないということである。

妻にたしなめられている勇み足

川柳会、職場、交友・知人、肉親、親戚関係など人間は一人では生きていけない。同時にこれらの関係がいつもうまく行くとは限らない。そんな時に愚痴ともつかぬ話を妻にすることがある。これに対して妻の返事がなかったことはほとんどない。ただし全面賛成論というわけではない。私の行け行けドンドン、単純明快、二元論的な発想に対する疑問がしばしば含まれている。それはときに相手の立場であったり、女の立場であったり、弱いものの立場であったりする。

私はなるほどと思ったり、補足説明をしたりすることはあるが、その時はあまり直接的な反論はせず黙って聞いていることが多い。

そして次に同じ問題に出会ったときには、妻の意見も咀嚼して自分の意見とするのである。要するにその間に想定問答を繰り返すのである。従って表座敷での私の意見はかなり角のとれたものになっているはずである。

例えば私が「この問題は公開の席で決着をつける」と言えば、妻の頭には「窮鼠猫を噛まないか」「江戸の敵を長崎で討つというような恨みは残らないか」といった格言が浮かぶらしい。その場合心の中で「一歩引いて相手に責任をもたす」とか「あまりかっかすると周囲の第三者は離れやすい」といった人生教訓を学んでいるらしい。格言川柳は「道句」といって排斥されるが、人生の教訓としてはまだ存在感がある。にもかかわらず、私は自分の「心の平和」（Peace of mind）が保たれないときはなかなか妥協しない。

そうかと思うと妻は「この話は早く電話したほうがよい」とか「どうせ払うものなら早く払ってあげれば相手も気分がいいのではないか」「その辺は一言言っておいたほうが分かりやすい」といった心理学者みたいなことも言う。妻が亡母から受け継いでいる俗諺もある。「こんどと化け物出たことない」これはすぐやるべきことは延ばすなかれ、ということである。「頬冠り左右よければ後先悪い」四方すべてうまい具合にはいかない、という意味である。こんな諺がふと飛び出すのである。

妻の人生アドバイスはときに娘たちにも向けられる。それを娘たちは「毒」と呼び合っているようだ。「チクリ」とか「ピュッピュッ」と飛んでくる警告には無視できないものがある、という意味らしい。

妻と――その二

新聞とごはんどちらを取りますか
妻の出すものを食ってる腹の虫
バッグから妻の手品で飴が出る
妻の着古しを羽織って寝正月
自転車の妻全身にバネを秘め
妻の笑うつぼは誰にも教えない
跋文の隅に恥ずかしがりの妻
飯を食う早さは妻にかなわない
ふとん乾す予定が妻の空にある
昇格の名刺一枚妻に出し

古本の処分のほかに遺書はなし

こんな句を過去に作っている。かつて読んだか読もうと思った本だが捨てるに捨てられない。

手紙類もなかなか捨てられない。記念行事のやりとり、故人の手紙、トラブルのあった証拠品となる書簡やメールもファイルで取ってある。頂いた名刺の数も半端ではない。名刺はいつか整理をして大部分は捨てようと思っている。三十年も前に頂いた名刺を見ると、予想もしなかった地位につかれた人もあれば亡くなった方も少なくない。人の世の移り変わりが小さな名刺にも刻まれている。

妻はいろいろな容れ物を調達してくれるほかに「本は立てて並べるように」とか「大きさの似たものはできるだけ同じ場所に」などとアドバイスをしてくれるが、とてもそれでは間に合わない。最後は段ボール箱に入れていったん倉庫入りとなる。

簡単に整理できないものに写真がある。昔のアルバムに貼ったものは、保存状態はよいが、ボリュームが嵩むので仕舞い方がむずかしい。モノクロが少なくないのはよいとして、日付けや名前の書いていないものはいつの写真であったかが分からなくなる。写真の数では妻と写したものは意外に少ない。

子ども達と一緒に写したものも、子どもが中学に入ると急に少なくなる。趣味の仲間と飲食している場面が多いようだ。これからは心がけて普段着の夫婦の姿を写して貰うようにしたい。

可とすれば百人力の妻の弁

私は議論好きなほうである。理屈ではけっこうやかましい。だがいわゆる「女性の理屈」、例えば、「嫌いだから嫌い」というような同義反復や全体の文脈の中から一部分だけをピンセットで摘み出して主張するような話には賛成できないし、疲れる。

先日、十年前に亡くなった仕事上の友人の奥さんが現れた。今頃その時の仕事の立ち上げを援助してくれという話だった。私は断ったが、その人は前述の理屈で引こうとしない。立ち話を続けている私を見て妻が話を引き取ってくれた。

妻は私とは全然違う角度から意見を述べたり、妻の心理から物事の可否を述べてくれる。「もし夫が新しい仕事に巻き込まれて体力を消耗したり、病状を悪化させるようなことになれば、あなたを恨みます」。また「もしそんなことになって、妻の負担まで今以上に増えるのならば、私は夫と別れて、ひとり自分の道を歩むことにします」。これはなかなか迫力があった。その奥さんは「分かりました」と言って退散した。妻とのタグマッチは成功した。もっともその前の前に妻との信頼関係が大事なのだが。

逆の立場になったことを想定する。妻が困っているときに私は駆けつけることができるだろうか。そのときにはどんな論理で相手に斬り込むことができるだろうか。しばし想定問題をしてみる。どうやら男の理屈と女の理屈には微妙な違いがあるようだ

妻の笑い声で終わった軽いミス

最近、自分では密かに軽い認知症が出てきたと思っている。高島屋のカードでそごうの買い物をしようとして、新しいカードを作らされたり、ＪＡＬの搭乗券をＡＮＡでチェックインしようとして拒絶されたり、言い出すと切りがない。今のうちはそう深刻な問題には出会っていないが、その都度自覚をさせられている。畑村洋太郎先生の『失敗学のすすめ』という名著を読んで、人間は失敗によって新しい発見をして進歩するということを教えられてから、私は失敗を隠さないことにしている。ただ同じ失敗を繰り返さないことが大事だということも学んだ。

従って、失敗のたびに、それを妻にも正直に言うことにしている。妻はケラケラと笑って、「それは認知症というよりも緊張感が欠けているんじゃないの」と励ましてくれている。私はありがたく「ハイハイ」と返事をし、それにも拘わらずまた失敗をしているのである。

事柄は違うが、今年（二〇〇七年）は川柳発祥二五〇年に当たるという。初代柄井川柳が万句合興行の選者となり、第一回開キ（発表）をしたのが一七五七年八月二十五日だそうである。私はこの日を日川協の誌上大会報挨拶文に立机（選者になる）と間違えて書いてしまったところ、川柳学会の一役員から「おおいに忌々しき問題」との大げさな注意を受けた。このときも私は失敗を謝し、然るべき場において訂正するとお答えした。日ごろから失敗を収拾する心の準備はできている。

こんどこそ売れる句集と妻乗せる

川柳書出版は老後病後の私にとって大きな生き甲斐となっている。「川柳界の地位向上のために」などとは言っているが、二〇〇三年の四回目の癌手術のあとに、既に六冊の句集を出している。『癌と闘うーユーモア川柳乱魚句集』(二〇〇三年刊)、『科学大好きーユーモア川柳乱魚選集(科学編、〇四年刊)』、『科学大好き(技術編、〇四年刊)』、『科学大好き(生活編、〇五年刊)』、『三分間で詠んだーユーモア川柳乱魚選集、〇五年』それに『銭の音ーユーモア川柳乱魚句集(〇六年刊)』がある。ほかにも仕掛かり品など四、五冊はある。大体個人の川柳句集は、そう売れはしない。

句集が売れたとしても採算が合うということもほとんどない。最近では本の価格設定が、コストによってではなく、買い手が財布を開けるかどうかという思惑の線によって、決められている。句集はあまり書店に並べて貰えないから、買い手の多くは川柳仲間ということになる。ところがこれがまた購買力につながらない。こんなことを言いたくないが、他人の句集は貰うものであってで買うものではない、くらいに思っている人が多い。それは川柳界の仕組みが、秀句への憧れや鑑賞の習慣をあまり持たず、自分の句が入選したかどうか、句報に載ったかどうか以外に関心がないからではないか、と思っている。

従って、私の句集もそんなに売れるものとは思っていない。それにも拘わらず出しているのは、自分の「生きがい」と、「文壇における川柳の地位の向上」を考えているからである。地位が低いことをただ嘆いていてもよくはならないし、自分でできることはしなければならない。

ところで、句集出版の元手は妻からの軍資金に掛かっている。癌の句集は三刷で五千部刷ったが、他はせいぜい千部前後しか印刷しない。なくなればそれで終わりにする。でも始めから売れないと言っては士気に関わる。「売れる売れる」と妻に対しても呪文を唱えている。

売れるか売れないかという次元の話ではなく、出版を大変に喜んで頂いた句集を二〇〇六年に出すことができた。台湾の川柳作家李琢玉さんの句集『酔牛』である。十年の付き合いがあった氏は二〇〇五年に癌で亡くなった。句集はとくに戦前の日台関係を知る人に喜ばれ、作家の阿川弘之先生も「文藝春秋」誌に「台湾の川柳」というタイトルでご紹介下さった。

妻と——その三

妻の涙拭くハンカチは花柄に
曲線ＡＢなる妻のもの畳む
ジルバマンボ妻を回したことがある
店員を妻に見立てて春の柄
朝市で買えないものを妻に買う
リンゴパイ妻の昔の香りする
ポケットいっぱい妻が喜びそうな服
小説の切れ目で妻に返事する
プレゼント妻のサイズを目で測る
よく笑う妻に笑いの種贈る

どこで乗りどこで降りよと妻のメモ

家から歩いて五分のところに高さ一〇〇メートルのゴミ焼却炉ができた。傍にはその余熱を利用した温水プールや大きな風呂もできた。バスも通うようになった。実験好きの妻が早速試してきて、東武線を使わずに直接常磐線に出るのにはすこぶる具合がよく、値段は二三〇円だという。私は定期券をもっているし、通い慣れている私鉄利用でよいと思っていたので、ただ「ふんふん」と聞き流していた。

でも先般、ＮＨＫ学園の川柳大会に国立まで行くことになって、そのコースと時間を頭の中で考えていた。私は考え中のときに妻の前でひとり言を言う癖がある。今回はそれを聞きつけた妻が、時刻表を持ち出し、焼却炉前から出るバスの時刻、南柏までの所要時間、そこから武蔵野線の新松戸へ出て、西国分寺で乗り換え、国立まで行くコースを調べ、新宿回りよりも楽にしかも早く行けるはずだという。

素直な私はその通りのコースを行き、定刻の三十分前に会場に着くことができた。妻はその調査を「シミュレーション」と宣まわる。いつどこで覚えたのか知らないが、毎日の買い物コースでも妻はプロぶりを発揮する。自転車の荷台に重い物が積まれたときは昇り坂を避けて少し遠回りをする。妻の頭の中には家とマーケットを結ぶ道が何本か用意されていて、その時の状況で最適な道が選ばれるのである。私が仕事で使ってきた言葉のお株を取られた。

失せ物は妻の呪文で現れる

歳をとるとよくものがなくなる。というよりも、物覚えが悪くなるから、どこへ置いたか、仕舞ったかが思い出せなくなるのである。それは得てして出がけに起こるのである。一番困るのは手帳。スケジュールや約束の日時、場所が分からなくなると大変である。次に手帳式の住所録。住所はあとで何とかなるが、電話番号やＦＡＸ、メールアドレスは急には出てこない。

小物もよくなくす。最近、愛用のシャープペンシル、カフスボタンの片方をなくした。耳や目がよかったときには落とした瞬間に音で分かったのだが、目は涙に曇り、耳は補聴器となると、落としたときに気がつかないことが多くなる。ポケットへの入れ忘れ、手帳への挟み忘れもよく起きる。

そんなときは妻の前で愚痴ることがしばしばある。「○○がないがどこへ行ったのかな」ほんとは妻が知るはずはないのであるが、聞こえるような独り言をいう。すると妻は冷静にも「どこへどういう順番で行き、何をしたかを辿ってみたら」という。こちらは内心「それができるくらいなら苦労はしない」と開き直っている。

やがて見かねた妻がこれとおぼしきところを探し出してくれる。「さっきここで何かしていたんじゃないの?」などと呪文を唱えてくれる。すると不思議や不思議、なくなっていた捜し物が、忽然と現れるのである。こんなことが何度かあると、私はものがなくなると愚痴をこぼし、妻は妻で失せ物捜しの呪文を唱えてくれるのだ。

妻の問い金に困ったことありや

「結婚してからあなたはお金に困ったことある?」ある日こんな質問を浴びせられた。想定外の質問なので慌てたが、思い当たらないので「ない」と答えた。確かに裕福な暮らしではなかったし、ぎりぎりいっぱいではあったが、それで金に困ったという感じはなかった。「私はあるだけのお金の範囲内でやってきたからよ」というのが、次の言葉であった。なるほどこれには反論のしようがない。ない金を使おうとすれば、借金をする。すると利子をつけて返済しなければならない。ますます苦しくなる。悪いことでもしなければ、やっていけなくなって詐欺、泥棒、収賄、談合を行う。果ては人殺しまでする。これが新聞ダネになっている。話はどれをとっても、ある範囲内のお金で我慢しなかったことから始まっているといってもいい。

選挙費用が足りなければ立候補を諦めればいいし、見も知らぬ他人の金を集めて事業などしなければいい。個人なら高いブランドものなど身につけなければいいし、それによって世の中で困ることはあまりない。自己を過信してはいけないし、欲ぼけてはいけない。妻の言うことを聞いているうちに人生の哲学とはこういうものだ、と思えてくるが、私の場合はそこまで行っていない。ただ、金の心配を自分でしないで、妻に任せてきただけの話である。

思えば、子どもの教育費も、家の建築資金も、老後の保険も、近所、親戚の交際費も、みんな「よきに計らえ」であった。だからときに極楽トンボと呼ばれている次第である。が、結婚以来あまり金に困ったことはない。

頭で食べなさいと妻が無理をいう

嫌みとは思わないが、ときどき私に向かって妻はこういう。食事のときに私が単純な箸の運び方をするものだから、それを「頭を使って食べろ」というわけだ。私のほうは「口で食べてはだめか」などと混ぜっ返すか、機嫌のよくないときは返事をしないこともある。

味つけがしてあるのに、すぐにしょう油を掛ける癖があるので、それを指摘される。子どものときからの癖であるから、つい無意識にやってしまう。自分なりに分析すると、脳がしょう油の濃紫色に反応するので、色がついていないと、掛けたくなるのではないかと思っている。

次は味の組み合わせである。妻の食べ方を見ていると、濃淡二種類のおかずを取り合わせたり、アボカドの海苔巻きといった和洋折衷的な組み合わせがしばしば登場する。それでおいしければ私も納得して文句は言わない。

食器の使い方も茶碗からごはんをおかずの皿に取り分けて食べることも、それこそ「日常茶飯」である。こういう器用な食べ方も私はできない。私は、最初に置かれたおかずの皿の位置が遠くても、近くても箸を伸ばして運ぶので、ときどき途中でこぼしてしまう。すると妻が見かねて皿を近くに引き寄せてくれることになる。

要は、食事について妻には細かい工夫と経験の積み重ねがあるが、私は横着で石頭だということである。「頭で食べろ」というのはどうも頭を使っていないということらしい。

着こなしを妻は前から後ろから

私は衣装にもあまり気を使わない。もちろん勤めに出るときは背広にネクタイをつけるし、冠婚葬祭にはそれらしい服装をする。妻はそれを玄関で前から後ろから眺めて、黙っていれば合格となる。背広とネクタイの配色が悪くないか、ズボンの足が片方めくれていないか、サスペンダーが上がってズボンがつんつるてんに短くなってはいないか、壇上に上がるとき靴のかかとが減ってはいないか、などのチェックポイントがある。

私も慣れていないことには緊張する。大型客船でのフォーマル着用の日やオペラの初日にタキシード着用などと脅されると、どうしようかと迷ってしまうが、一度現場を体験すると、さほどのことはなかったように思うし、ダークスーツでも違和感はない。

私生活では家の内も外もあまり考えない。季節に応じて当たり前の恰好をしているつもりである。だから家で着る上着やズボンのまま近所のポストまで行こうとすると、ときどき妻のチェックが入る。食べこぼしのついたチョッキでも、裾が擦り切れたズボンでも平気で出かけて行くのは妻の責任ででもあるかのように「着替えていったら?」と注意されるが、確かに馬子にも衣装となる。あるいは温度調整用のカーディガンを出してくる。服も下着類も自分では死ぬまで着ても数は十分あると思うが、妻は身体に合うものを一着買ったらどうか、とときどき言ってくれる。ワイシャツの首回りも三十九センチから太ったときの四十二センチまで持っている。

第三章

目立たない妻の好み

茶にグレー目立たぬ妻の好きな色

長い間付き合っているが、妻の本当に好きな色が何色かは、いまだに知らない。ただ、あまり派手な色は好みではないようだ。ベージュやグレーなら文句を言わないところを見ると、この辺が好きな色なのではないかと想像している。

私自身は割り合いはっきりした色や模様が好きである。これに対して、妻は最初は意見を述べていたが、今は諦めたのか、文句は言わない。でも、どうも私の好みとは違うような感じがしている。たまに妻にプレゼントをしても、身につけるようなものは、最後まで油断はできない。デパートの店員に六十歳ぐらいのおばさんに合うかどうかと、意見を聞いて買ってきても、若すぎるとかいって、着る前に娘に払い下げてしまったりする。

たまに気が向いて買ってきたバッグは、スカーフは、ネックレスは、気に入って貰ったのであろうか、あまり着けているところを見たことがない。もしかしたら、箪笥のこやしになっているのかもしれないが、それはそれで好みの不一致として諦めるしかない。

逆に、私はいろいろなものを買ってもらっている。そう高価なものはないが、時にサイズなども見計らって、ブレザー、スラックス、靴なども買ってきてくれる。自分で買うのはネクタイぐらいかも知れない。胴回りや足のサイズなども自分ではっきりしないときは妻にたずねることもある。手帳に自分のサイズを書いておこうか、とときどき思う。

スラックス妻は老後の庭仕事

子育ての頃は確かスカートだったと思うが、いつの間にか妻の普段着は渋い色のスラックスになっていた。これは年のせいかと思い周囲の同年輩の女性を見てみると、長いスカートの人とスラックス姿が多い。以後渋いスラックスは外見が若く見えても、年齢のいった人の普段着と思うようになった。

そういう姿の妻に、私は文句を言えない。

理由の一つは我が家の所在地である。地名は逆井《さかさい》といい、三十年前は水のきれいな田園で、つい四、五年前までは蛍が飛んでいた。ここで日中チャラチャラした服を着て歩いていようものなら、よそ者扱いされていたであろう。

一九七〇年にこの地に来てから、村の付き合いはすべて妻がこなしている。

二つ目の理由は、私の仕事との関係である。引っ越し当初、夏には家の周り二〇〇坪ぐらいの雑草刈りをしていた。当時私の仕事には時間外の勉強も必要で、ついつい草刈りの愚痴をこぼしたことがあった。以後草刈りは黙って妻が代わってくれているし、庭仕事も妻がやってくれている。

妻は東京生まれなので、「引っ越しのつど田舎へ来てしまう」とこぼしていた。柏は昔東京から遠足にきたところだ、などといっていたが、今はもうそんな言葉は出てこない。

二〇〇一年に新築した。私は、前の家は二十世紀のもの、今度の家は二十一世紀に生きる家だ、と恰好のいいことを言っているが、家の設計から、庭造りまですべて妻がやった。妻は今日もスラックスをはいている。

妻のいうことに素直な木々花芽

妻は自分で作った庭が気に入っている。朝起きると窓からしばらく庭を眺めている。この時、どこに木と花を植え、どの木を移して、枝を切る、といった作戦を立てているそうだ。そのうち思い通りに芽が吹き、花が咲く。

四季に花を絶やさぬよう、花の種類にも気を配り、そして妻は木や花と約束でもしているかのように特売日には肥料や土を買ってくる。それも十キロの袋を二つ三つ、自転車の荷台に括りつけて運ぶから恐れ入る。娘たちが車でくると買い物の一つに肥料を加えられるが、普段は自転車運搬である。

この他に庭で堆肥も作っている。家の周囲の道を掃除したときの、落ち葉はよい有機肥料になる。夏は夏で夕方小一時間蚊と闘いながら水をやっている。庭には四、五か所水道栓とホースが張り巡らせてあるのは、家を建てるときに既にこうした状況を妻は考えていたようである。

「女だてらに木にはしごを掛けて枝おろしをするところを、人に見られては恥ずかしい」などと言ってはいるが、大枝をおろした地響きを近所の人に聞かれてしまったこともある。はしごや生け垣バリカンを始め、庭仕事用の道具類はすべて妻が調達している。それらも自転車で運んでくるのである。

こう世話をされたのでは、木も花も妻の言うことを聞かざるを得ない。緑をバックに四季の花々が咲く。私はと言えば「だんだん落ち着いた庭になってきたな」などと、傍観者のような言葉を口にするが、実際手を出すことはほとんどない。その分を川柳に打ち込んでいる、などと言い訳をしている。

花の名を聞くべき人を決めておく

植木屋さんとか生け花をやっている人は別として、たいていの男は花の名前が苦手である。妻に聞くのも、あまりポピュラーな花の名を聞けば笑われるし、また西洋の花の場合は聞いてもすぐに忘れる。

以前「大沢悠里のゆうゆうワイド」というラジオ番組の川柳の時間に毎週出ていたことがある。入選句の中にしゃがの花を詠んだ句があった。悠里さんが「浅香（光代）さん、しゃがってどんな花ですか」とたずねた。浅香さんは知っていたのか、知らなかったのかは、分からないが「しゃがと言ったらしゃがですよ」と答えられ、大笑いになった。実は私はその花を知らなかったのであるが、帰って妻にこの話をしたら、「うちにあるのに知らないの」と言って、庭から摘んできてくれた。花びらはうす紫色で、中の部分が紫と黄色の可憐な花であった。すぐ悠里さんに送ってあげた記憶がある。

この話のあと、私は熊本の全日本川柳大会に出席した。帰って間もなく家の近くの病院に入院することになった。その医師は診察するなり家には帰せない、と言われて入院。胆嚢炎からの強烈な腹痛と発熱であった。尿の出も悪く、十日ほど経ってもよくならないので、印旛にある日本医科大の病院に救急車で運ばれた。結局、多臓器不全で胆嚢は摘出された。切り取られた胆嚢を見た妻が、癌ではないか、とたずねたら、医師は当初ノーと言ったが、その後の検査で癌が発見され、再入院することになった。妻の勘で見つかった癌であった。退院時の診断書には内臓の名称がずらりと並んでいた。

花言葉まともに受けて満ち足りる

信じているかどうかは分からないが、花言葉の好きな女性がいる。花言葉は、いろいろな花の性状により、花に象徴的な意味を含ませて人に贈るときに用いる。中世の騎士に始まる、と事典にはある。妻は花が好きだが、花言葉のことはついぞ聞いたことがない。私も普段は関心がないが、花束を贈答するようなときには、騎士を気取って、赤いバラは美や愛、百合は純血か、よしよしなどとはまっている。

男が花屋の店頭に立つときには、ちょっとした緊張感を持つ。女店員から勧められた花を別のもっと安い花に変えるなどということにはよほどの覚悟がいる。

西洋の花言葉はギリシャ神話からとったものが多いそうだが、ケシは虚栄、アザミは復讐など要注意の花もある。オリーブの平和は有名だが、ホップは希望、スミレの謙遜、ヒナギクの世間知らず、となるとどうもこじつけ臭さが過ぎよう。　花はそれだけで美しいが、それでもまったく意味を持たないよりはよい花言葉を添えて贈るほうが記憶に残る。

妻に花を贈ったことはない。一度贈ってみようかと思うこともあるが、「うちの庭にあるのに」とか「これでいくら?」などと言われやしないかと思ってやめている。母の日には息子のお嫁さんから高価らしい花が届く。嬉々としてお礼の電話をしている妻を見ると、人間には花も欠かせないものだと思う。

妻仕立ての庭では妻と立ち話

家事を行っているのは妻である。私は外ではけっこうマメなほうなのであるが、家ではそれこそ縦のものを横にもしない。食事ができた気配がすると、そっとテーブルにつき、「頂きます」ともいわないで一人で食べ始める。食べるのが遅いのである。食べながら横目でテレビを見ることも多い。妻はデザートなどを用意して、後から食べ始めるのであるが、たいていは先に食べ終わり、お茶を用意する。

反省。食事の前には「頂きます」と言おう。終わったら「ご馳走さま」と言おう。七十過ぎてものが分かってからそんな気がしてきた。

庭作りに至っては、私はまったく無能である。一二〇坪ほどの庭の設計、植樹、手入れのすべては妻がやっている。窓を額縁代わりにして、景色を設計する。田んぼの向こうに見える林などを借景として、植えるもの、花の種類なども決めているらしい。家庭菜園もやっている。雑草だと思って引き抜くと、大事な花の苗であったりして文句を言われるので、私はほとんど手を出さない。雑草かどうかは調べればすぐ分かるのだが、それもしない。

日が長いときに勤めから帰って、妻が植木に水をやっているのを見ると、少しはお愛想を言おうとして、庭に回る。「この花はきれいだな」などと陳腐なことをいうが、彼女はまじめに洋花の名前などを答えてくれるから、しばらく立ち話が続くこともある。やがて日が傾き、夏なら蚊が出てくる頃家へ引き上げる。

シャツの柄妻の意見と噛み合わず

背広とネクタイは私が自分で買うが、その他の衣類は自分で買うものと、妻が買うものと半々であろうか。それはほとんど問題がないのだが、私が妻のものを衝動買いするときはしばしば好みの不一致がある。理由は大きさ、色合い、デザイン、材質などそのときによって異なる。大体私は大柄で濃い色が好きであるが、妻はそうではない。ものによっては娘に下げ渡しされるときもあるが、店に取り替えにいくこともある。

以前、日本財団からのメルマガで「ストップDV」(家庭内暴力の被害者支援のためのチャリティー)を読んでチャリティーの「Tシャツ・アート展」

に出かけた。私は弱い者イジメ、特に妻や児童に暴力を振るうような卑劣な夫や親を許せない気持ちをもっている。少年時代の囃し言葉「女をいじめる痩せ男」が身についているからでもある。

そして会場で、妻の分と二枚のTシャツを買ってきた。自分のものは雅号の乱魚に因んで赤と黒の小さい魚がたくさん描かれているものを買い、妻のためには別のものを買った。だが、残念ながら妻には気に入って貰えず、翌日取り替えに行って、黄色い地の犬の模様のものを入手してきた。しかし、それも気に入って貰えず、「手術して痩せたからTシャツも着られるようになったでしょ」と軽くいなされ、結局自分で着ることにした。おまけに「Tシャツは汗が目立たないように白か黒がよいのに」とのお説教も貰った。私は黄色が捨てがたい。

第四章　妻にならう

妻の頭では建っていたマイホーム

こんな句が出てくるほど妻の準備は周到であった。当初、息子一家が来るような話もあったので、外階段もつけて二世帯住宅にした。結局は来ないことになったので、今は内壁を設けずに、川柳の柏勉強会場に使っている。そういう提案をしてくれたのは、やはり妻であった。それは先の読み過ぎであろう、と言っていたが、二〇〇三年の癌手術でまったく意味のない話ではなくなった。

妻は、事前に息子とも建築会社の人とも会って家を建てる勉強をしていたようだ。私は前の癌手術のあと退院してから、家の展示場を一度見に行っただけであった。会社との打ち合わせでは、太陽光発電の屋根、書斎、エレベーター、ジャグジー、階段の広幅、オール電化、電動シャッター、広い物置など、私の思いつく勝手な注文はほとんど認められた。ただ一つ反対されたのは、川柳の旗を掲げるときの国旗掲揚台であった。まだ川柳の旗は作っていないのだが、勉強会の開催日におごそかに旗をあげる自分の姿を思い描いていた。今から思えばドン・キホーテの私であった。

二〇〇一年に建てた今の家を私は「二十一世紀の家」と呼んでいる。そろそろ住みなれた頃、妻は前庭の隅に離れを建てようかなどと言い出した。夫婦のうちどちらかが先に逝ったときの準備であるという。こういう前向きの話になると、妻の目は生き生きと輝き出す。私はこんどこそ国旗掲揚台を作ろうかと思っている。

朝刊のチラシを妻にプレゼント

新聞はもう四十年以上朝日と日経の二紙をとっている。これに加え近年読売の朝刊もとっている。給料日が近づくとどさっとチラシ広告が入ってくる。郵便受けから新聞を取ってくると、チラシは妻に渡す。寝室の雨戸は開けるが、新聞をもってもう一度ベッドにもぐりこむのが朝の日課である。

妻はまずチラシからこの日の買い物計画を立てている。メモを持って行くときもあるが、たいていは頭に入っているらしい。買い物にはほとんど毎日自転車で出かける。雨の晴れ間に大きな荷物を荷台につけて来るのをみると、買い物もひと仕事だと思う。でもチラシから特安のものや新製品を見つけたようなときなど、けっこう楽しみもあるようだ。新製品や新しい輸入品などに対しては、先入観なく挑戦するほうで、ときどきは試食をさせられる。

チラシは宣伝と思えば、ときには邪魔で面倒なものということになるが、妻は情報媒体と受け取っているようで、割合に丹念に見ている。肝心の新聞は夜遅く、家事もすんで風呂から上がって読んでいる。疲れてうつらうつらしながら読んでいることもあるが、妻は「これが私の情報源です」といって、読み残しも捨てずに後で読んでいる。年金や健康の知識も、世間話のネタも、妻から教えてもらうことが多い。

私が切り取りたい記事は、赤でチェックをしておくと、妻が切り抜いてくれる。その多くは川柳や文芸の記事であるが、ほかに分野を限らず話のネタになるような記事をとっておく、月日と新聞名は必ず記しておく。

村のこと子のことニュース源の妻

今住んでいるところは、農村地帯の真ん中で、今でも畑に囲まれている。家から見下ろせる田んぼは、後継者難で埋め立てられたところが増えたが、残っているところは機械で田植えや稲刈りが行われている。

転職して大阪から四十年以上前にここに移ってきて地域との付き合いが始まったが、私は勤めがあるので、実際の付き合いはほとんど妻任せである。町会の月番、祭りや葬式、それに念仏の寄り合いでの手伝い、生け垣の手入れ、夏の草刈り、ゴミ捨て場の当番、子ども会の世話など細かいことはほかにもいろいろある。子ども三人が小中学校にいっているときにはＰＴＡとの付き合いもあった。

村には村のやり方があるので、それを見様見真似で覚えていくのはひと仕事である。妻はそれらをうまくこなしてきたのではないかと思う。十年に一回廻ってくるお宮の当番では、巴の図柄を描く仕事があるが、簡単そうでうまく描けない。妻の作った巴の型紙が二十年以上お宮に伝わり、今でも重宝されている。

子ども達はそれぞれ独立して所帯を持っているが、家とのパイプ役は妻が執り行っている。子どもから用事の電話が掛かってきて、私が出ると「お母さんに代わって」といわれることが多い。私では用が足りないらしい。子どもや五人の孫達の状況も、妻に聞かなければ分からない。ときには証券会社の担当者まで「奥さんおいでですか」などと言う。私の用事のはずなのに。

処世術四半分ほど妻の知恵

私は人に接することも多く、小さい頃から苦労も舐めさせられているので、世に言う処世術には割合長けていると、自分では思っている。特に高齢者の気持ちはできるだけ汲み取ろうとしている。お年寄りと話をするときは正面を向いてゆっくり話すように心がけている。それでもお年寄りに生き甲斐を与える言葉となると妻に学ぶことが多い。

野良仕事の留守番をしている近所のおばあちゃんに「元気な人でも身体半分だけ電話番するわけにはいきませんからね」などという。年をとっても、人の役に立っているということが、どれほど生き甲斐になっているかという心理を見抜いているのである。子供や孫に対する手綱捌きとなると私はとても敵わない。妻の施政方針を声高になぞっているに過ぎない。

こんなことがあった。娘夫婦が孫三人を妻に預けて短期の海外旅行に行きたいという話であった。もちろん孫達はわが家によくなついている。私は勤めに出ており、何とかなるか、と思ったが、妻は断じて反対した。

理由の一つには身体がきつい、ということもあったが、主たる理由は「残された子供の淋しい気持ちを考えてみよ」「小さい孫まで連れて行くのは大変だが、それはそれで家族全員の生涯の思い出になるはずである」私はすぐにその旨を娘にメールした。妻の話はこれで終わりではない。「孫を連れて行く航空賃くらいは小遣いとして上げてもよい」というのである。

結果、どういうことになるかというと、①娘一家は初めての家族海外旅行ができ、小学生の孫たちにもよい思い出となる。②親たちに対する疎外感を払拭できる。③航空賃という小遣いによって、一家の祖父母に対する親近感を増すことができる。孫たちからは先立ってお礼の言葉が来ている。④我が家の労力が回避できる。孫たちにしても若い者には体力がある。老人はとても追いつかない。

右のようなことを妻は、台所をしながら考えているのである。皆さんのお宅だったらどうされるであろうか。物事を単純化してイエス・ノーを決めることは分かりやすくて話が早いが、複数のメリットを編み出し、プラス・マイナスを総合的に判断することは大事な処世術ではないかと思う。私はここでは単なるスポークスマンに過ぎないのである。

妻と――その四

天の声聞いた気がして妻選ぶ
妻にする女はうしろからも見る
妻ばかり最初は撮っていたカメラ
妻の枕にしたこともある左腕
ひげを二度あたる二度目は君のため
妻を抱くこの世あの世は一宇にて
妻のいるシャワーの音がやわらかい
リードから戻れる位置に妻がいる
男萎えりと告げれば妻はくつくつと
ルビー婚おろおろしない妻となり

妻の解説で一から見るテレビ

妻の知恵の情報源は、新聞二紙朝夕刊とテレビ、広告チラシであることは前にも述べたが、本からの孫引きという生硬な情報はない。本が嫌いなわけではないが、本を読んでいたのではもっと大事な仕事に振り向ける時間が無くなるという意見である。

私は、朝、寝床でゆっくりと新聞を読み、テレビは食事のときに横目で見る以外はあまり見ない。テレビについて妻は「ながら族」である。台所の洗い場に立つと正面にテレビが見える。調理や洗い物をしながらひょいひょいとテレビのニュースなどを見ている。じっくりとテレビを見入っていることはほとんどない。ラジオを聞いているのと同じ感覚である。

冬の夜は、床暖房の上で新聞を見ながら時々テレビを見上げるという器用なことをしている。私がテレビを見るときはかなりいい加減であるから連続ドラマを途中から途中まで観てふと別な仕事に移ったりする。したがってドラマの筋立てなどについては妻の前説明が必要となる。

テレビが大事な情報源だとすると、いまや全国のサラリーマンは教養面でも情報面でも主婦に遅れをとっていることを自覚せねばならないと思う。

政治や社会のこと、スポーツや健康のことでも世の中のことはまず妻に聞くべしである。

妻に差し上げる雑学博士号

決まったことだけできても、雑用をうまくこなせない人はたいしたことはない、と私は日ごろ悪態をついている。雑学も豊富なほうがいいに決まっている。「雑」というのは分類しにくいもののことである。和歌の歌集でも四季や神祇などの章に分類できない歌は雑歌としている。雑の中にはしばしば次の時代に花開く、新しい芽が含まれているからこれを馬鹿にしてはいけない。

分類の元祖アリストテレスには悪いが、人の世は雑用や雑学で成り立っていると言ったほうがよい。妻との会話もほとんどは雑用、雑学ばかりである。

私は対人関係や川柳を通じて得た雑学を持ち出す。妻は家にいて見つけた動植物など生き物の話や健康についての雑学を披瀝する。

最近妻は雑学から得た結論として「丸ごと」説を唱えている。要するに物事はいいこと（プラス面）も悪いこと（マイナス面）も合わせて全体で評価・判断をするほうがよい、というものである。園芸における雑草も健康における小さな症状も、あるいは近所づきあいも、マイナスをすべて排除するにはかなりのエネルギーがいるし、それによって失うことも出てくるというのである。この考えは我が家の子どもの教育にも当てはまる。叱るところと褒めるところを過不足なく思いやることが教育の要諦である、と妻は言う。

私のほうからは、経済成長とバブル、人口増と環境汚染、プライベート保護と情報制約・個人のわがまま、などのプラス、マイナス面を総合的に判断する「トータル・アセスメント」の考え方が大事である、などと堅苦しい話を持ち出す。でも、これは「丸ごと」説に反するものではないから、言い争いにはならない。

しかし、私自身はどちらかというと、物事の黒白をはっきりさせるほうが好きで、あいまいなまま時の解決を待つということは、あまりしない。特に癌を患い余命何年というようなことを考えはじめてからは早く結果を出したいと思うようになった。その分勇み足には気をつけている。

ミセス今川がたまに言う自慢に家庭内の小さな発明や創意工夫がある。世に新製品が発売されたときに、「こんなのは自分で作って使っている」、ときには「私も特許か実用新案でも取っておけばよかった」などと言う。あながち絵空事とも言えない。また、庭の景色に四季の草木を配し、借景との兼ね合いなどを説明されたときには、その工夫をなるほどと思う。

妻と――その五

胆のう手術
妻にはさすらせ友には祈らせる
回復度試しに妻と腕相撲
声にして看護の妻に礼を言う
ファイトマネーを妻に貰って朝を出る
妻だけに頼るほかなき軍資金
下手な買い物を妻から笑われる
妻の皺半分ほどの責めを負う
妻を競った男も生きているらしい
妻の歳よいしょよいしょと増えていく

恐れるも頼るも妻の記憶力

女性は男性よりも記憶力がいいのではないかと思っている。あるいは事柄によるのかもしれないが、たいてい私より妻のほうがよくものを覚えている。それはときに困ることもあるが、私は内心「外部記憶装置」の代わりにその記憶力を利用している。予定などは手帳に書いておくが、それが今日の話だったかもっと先の話だったかを忘れている。

朝出掛けに今日の帰宅予定などを伝えておくことにしているが、それは留守中私宛に掛かってくる電話への応対や夕食の準備に関わってくる。あるいは川柳の会合の主な予定や主催者が誰であるかなども話しておくようにしている。そのせいか妻には身近な川柳人の名前や居所まで割りによく覚えられている。私が間違えると、逆に訂正されることもある。

その人のプロフィールもインプットしておくと、便利なこともある反面、その人に対する私の言動に意見を言われることもある。私が物事を善玉悪玉として割り切ることが好きだからかも知れない。

古いことになると、私はすっかり忘れていることが少なくない。改めて妻から聞かされると逆に新鮮な話として聞くこともある。互いの親族や子供に対する見方などにも、以前にそんなやりとりや思いがあったのかと、感心したり、自分のこれまでの考えを改めることもある。

妻は記憶力というよりも記憶術である。物事を単独に覚えるのではなく、その時関連した人や出来事が引き合いに出てくる。

気持ちは分かると妻が宣う人殺し

最近の世相は、殺伐とした事件が絶えない。テレビや新聞の社会面は人間の汚い記事で覆われている。特に親殺し、子殺しなど、本来一番親しくあるべき人間関係のはずが、裏目になっているのを見聞きするのはやり切れない。事件のことは、夫婦の会話にも登場する。

親殺しでは、少年も勉強をすればよいと分かっていても、そこで親にひどく叱られれば、腹は立つ。問題はその後の判断で、親兄弟を殺せば、自分のその場の気は済むであろうが、その後は自分を含めて無茶苦茶となり、修復もできない。それに事件が見つからないですむという考えがそもそも了見違いである。もっといい方法があると思いついて欲しい。

私の意見は「そんなときは少年が自分だけ家出をして一人で生活してみるようにすればよい。親は日ごろ自分の思うとおりに手を掛けるのではなく、子が自立するように仕付けるほうがよい」というものである。この点は妻も同意見である。教育も躾も押し付けではない。

我が家の教育法では、子供は塾にやらなかったし、勉強が嫌な者は、上の学校に行かなくてよい、学校に行かないのであれば、何でもいいから就職して自分で食っていくことを考えよ、と言い聞かせた。就職は形を変えた教育でもある。結果はみんな勝手に家を出て生活し、勝手に相手を見つけ、結婚している。親としては、結婚相手に意見をつけるということもしていない。

そこへ行くまでの道筋を教えておくのが親の役目だと思っている。

他人様に借りるを夫婦して嫌い

私の旧作に「人間に金貸す組と借りる組」という句があるが、貸すも借りるも、人の性格だから、借り癖のある人が、あるとき貸し手に変わることはまずない。私は奨学金と家のローンぐらいしか借りたことはない。この点は妻も同じ意見である。そして借りるのも嫌いなら人に貸すのも嫌いである。

私は金ばかりでなく大事な本を貸すのも嫌いである。返って来なかったこともあったし、本に書き込みをされたり、貼ってあった付箋をはがされたときには本を貸したことを後悔する。

妻は、ものの貸し借りだけでなく、恩義や手間、サービスなどについても多少の貸し越しはするが、原則として貸しも借りもないほうがいいという。要するに、わけもなく得するのも嫌なら、損をするのも嫌だという。昔、勤めていた頃、気前よく人に振る舞ってしまって自分の取り分がなくなり残念な思いをしたことがあるから、お人よしもほどほどに、ということである。私もまったく同感である。

車にいつも便乗させて貰うのも、写真をいつも写して貰うのも借りが残っているようで気になる。同等のものでお返しすることができないまでも、どこかで一区切りしてお返しをしたい気持ちがある。これも性分である。

私は自分をケチだと思ってはいないが、五十年も前に友人に貸したわずかな金のことを今でも覚えている。ときには浅ましいと思いながら覚えているのである。

第五章　二人の思い出

妻に振ってきた手は右のポケットに

妻に見送られた古い記憶がある。大学を終えた昭和三十四年（一九五九）に大阪に本部がある繊維の輸出団体に就職が決まった。何度も就職試験に失敗したあとのことである。級友たちからは「よくがんばるなあ」と言われたが、父の戦死後、母が働き、弟二人の貧乏家庭に育った私としては、食っていくためには、何としてでも就職しなければならなかった。東京に支部があるので、てっきり東京勤務と思い込んでいた。すると、ぎりぎりになって、四月一日から大阪本部勤務という辞令を受け取った。大阪は修学旅行で一回行っただけで、まったくの不案内な土地であった。

前日には東京発の夜行列車に乗らねばならなかった。同僚も同じ列車、見送りにも友人や家族がきてくれていた。その中に今の妻がいた。ろくろく話もできなかったが、列車が滑り出したとき、私は彼女に向けて懸命に、しかし小さく手を振った。あとで弟から「あの人が泣いていたよ」と手紙をもらった。

大阪の仕事に慣れた二年後の昭和三十六年に私たちはようやく結婚した。式は東京で挙げた。そのときの式場、新婚旅行、費用の手当てまで手配はすべて東京に住む妻にして貰った。このときから、今もって妻の事務処理能力には正直頭が上がらない。

だが、そのあともすぐには同居はできなかった。私は月賦に追われる安サラリーマン、妻も東京の会社に勤務をしていた。四か月のちに妻が大阪転勤となるまで、別居という変則的な夫婦生活であった。妻の転勤は会社の粋な計らいだったようである。それも妻に職場での勤務実績があったからだったと思っている。

ところで冒頭の句であるが、私は二回目の開腹手術後、毎月印旛にある千葉北総病院に通っていた。家から田んぼを隔てたバスの停留所までは二百メートルほど視界をさえぎるものがなかった。いよいよバスに乗ろうというとき、私は家から見送ってくれる妻に向かって手を振った。妻も手を振ってくれた。始発の停留所であり乗客は数人しかいないので、あまり恥ずかしいこともなかった。

多臓器不全と診断された手術のフォローアップでの通院であった。妻は私の入院中も退院してからもいつも平然としていた。してくれていたと言ったほうがよい。だから私も平然として闘病生活を続けることができた。

私は、大阪への就職以来、十年後の転職を挟み、七十二歳までの四十五年の間、サラリーマンを続けた。さらにその前、中学を出てすぐ十五歳から会社勤めをしていたので、通算すると五十年以上サラリーマン生活を続けてきたことになる。社会保険庁の担当者は、年金手続きの書類を見るなり「長いこと働かれましたね。これから長生きして下さいよ」と言った。

この社会保険庁は年金記録の不統合が五千万件も出てきて政治の大問題となった。私は転職のつど昔の番号への統合を確認してきたので問題もなかったが、妻は息子たちに学生時代に掛けた記録の確認をするよう電話で指示していたようだ。

貧乏の昔を妻に小出しする

私はいま、金持ちではないが、大貧乏でもなくなった。中堅サラリーマンそのものである。貧乏の最中には貧乏が恥ずかしかったが今となると昔の貧乏物語を書いてもあまり恥ずかしいとは思わなくなった。

戦後すぐはどの家もみな貧しかった。それでも父親が復員したりすると、多くの家庭は次第にそこから抜け出して、疎開先から都会へと戻っていった。だが母子家庭の我が家はなかなかそこから浮かび上がれなかった。とにかく貧しさはかなりのものであった。

母は一所懸命働いていたが、それでも家計は火の車。米屋から配給の米代をツケにして買って来るのは当時新制中学生だった私の役であった。米屋のおじさんから「もう二回分たまっているよ」などと言われると情けない思いをしたが、ないものはないのだからと我慢した。町役場から生活保護を受けていた時期もあったが、気丈な母は、食っていけるようになると、自分から保護の返上を申し出て、民生委員の人から褒められていた。「若いときの貧乏は買ってでもしろ」という格言があるが、私の人生で貧乏が後にどれほど身についた勉強になったか知れない。

母が貧しい中を我々子ども達に高校、大学に進ませたのは、父が出征のときに鉛筆で走り書きしたメモの遺書があったからだった。長野での全国川柳大会での入選句披講の冒頭に、私は「父は長野の第五十連隊から出征し二度と戻ることはなかった」と述べた。当時私たちと金沢に疎開していた母は出征の父に遂に会えなかった。父は三十八歳、母は三十六歳であった。私が戦争を憎むのはそのときの記憶があるからである。

　そのときから貧乏が始まったが、それがやや緩和されたのは、母が印刷会社に勤め、私が十五歳で昼は新聞社に勤め、夜間は高校に通いだした頃からであった。母の職場の同僚に川柳研究社の児玉はるさんがおられた。はるさんは同社女流川柳作家の草分け的な存在であり『むらさきの衿』という優れた句集を出された。私が川上三太郎に句を投じたことがあるのは、はるさんから川柳誌を頂いていたからである。

　ところで妻のほうはごく普通の家庭であった、公務員の父、母と祖母、五人の兄弟姉妹であった。妻も昼は勤め夜は同じ高校の下級生として入学してきた。勤めは自分が将来自立して進学する資金をためるためであったと聞いている。当時違う学年の生徒の出会いが可能であったのは数学の授業で、成績はともに悪くなかった。そこでの出会いから結婚までに行き着くには七年の歳月があった。

今から思い返すと、貧しいなりに若さを楽しんだ。夏休みにはキャンプにも行った。みな昼間は勤めをもっていたから、そのくらいの小遣いは自由になった。

そのときのグループは、今でも交流がある。キャンプでは妻が炊事に立ち働いてくれていた。そのときのてきぱきとした仕事ぶりは今も目に焼きついている。今ではそれが毎朝のまな板で刻む音になっている。そういう妻は今も変わっていない。

深層の侠気を妻に笑われる

誰でも腹の立つことは同じで、ただそれを言動に出すかどうかで分かれる。私は若い頃から自分を押さえ、怒りを笑いに転じてきたことが、多かったと思う。川柳人協会から、平成十七年度「川柳文化賞」を頂いたとき、会報に「人を選ばない温厚な包容力」とK氏が私を持ち上げてくれた。

でもそうでない一面もある。もう二十年以上も前のことであるが、人間関係で肚に据えかねることがあった。私は日本橋の刃物屋で包丁を買ってきた。最後の最後はこれをお守りにするというつもりで、職場机の引き出しに入れておいた。結果的には何事も起こらず、包丁はケーキを切ったり鉛筆を削るのに使ったりしただけで家に持ち帰った。

昔の悲壮な心情を告白すると、妻はケラケラと笑って「刃傷沙汰にならなくてよかったわね。もしそんなことが起きていたらうちの子ども達は今頃どうなっていたでしょうね」という。子どものことまでは考えていなかった。当時『人生劇場』の歌に酔っていたのであろうか。「やると思えばどこまでやるさ、それが男の魂じゃないか」。その男は今でも「義理がすたれりゃこの世は闇さ」と思い込んでいる。

ところでその包丁、当時五千円であったが、ふとその店をのぞいてみたら一万円以上の値がついていた。何となく得をしたような気分になったが、それは我慢の代償だったかも知れない。その後、妻がその包丁でどの料理を作ってくれたのかは聞いていない。

指切りを妻と一度もしていない

結婚式の時に誓書を読まされたことはあるが、それ以前も以後も改めて妻と何かを約束した記憶はない。自分からいつ何々をすると告げることはあるが、それも日常の習慣に溶け込んでしまっていることのほうが多い。

婚約指輪は教えられて一月の誕生石であるガーネットを買った覚えがある。「そう高くはないわよ」と言われ、その通りであったが、家庭を持ってからはもちろんつけるのを止めている。

結婚指輪は時計屋の友人から安く買った。互いの名前を彫り込むこともしなかった。今それがどこに仕舞われているのかも知らない。あれは、円満でない人たちがするものであると考えている。それに妻は実用的でないものにあまり価値を認めていないように思える。十万円の記念硬貨が出たときも、私は人を介して一つ購入した。でも妻にも結婚している娘にもいらないと言われた。結果は硬貨の保存場所に困り、六、七年分の高い金利をふいにしたあげく換金して使ってしまった。

指切りをした記憶はない。若いときに一度ぐらいしておいたほうがよかったかも知れないが、妻との出会いから今日までをフラッシュバックしてもその場面はなかったように思う。現実的な生き方しかして来なかった。今となっては照れくさいし、する事柄もない。子どもの頃、女の子が呪文を唱えながら指切りをする情景をよく見た。「指切りゲンマンー嘘ついたら針千本飲ます」下の句が怖い。

妻の磨いた靴で真っ直ぐに歩く

靴は妻が磨いて朝出がけに揃えておいてくれる。そう頼んだこともないし、ごく自然にそうしてくれている。従って、二日続けて同じ靴を履いて出るということはない。そのほうが足の衛生にも靴のためにもよい、と言ってくれている。靴は公的な場に出るようなときは、黒で紐の付いたものを、そしてかかとの減っていないものを選んでくれる。

揃えてもらった靴を履いて出るときは途中で道草を食うことはあまりない。真っ直ぐな道を歩く靴になるのである。

妻は私の川柳の場に出てくることはほとんどない。二〇〇五年十一月、私は川柳人協会から川柳文化賞を頂いた。表彰式は夫人同伴が慣例になっているると聞いたので妻にそのことを打診すると、「私が川柳をやっているわけではないから出ない」という明快な返事。私は表彰式で「私にも妻はいるのですが、こういう訳で出席してくれないので、一人で参りました」と正直に申し上げた。大笑いとなった。

さて、妻も古稀となった。「古稀の妻お下げ髪から白髪まで」。こんな句を書いたら妻から文句が出るかも知れないが、いまから半世紀以上も前の出会いに少し触れておくことにする。

妻は私が高校三年のときに二つ下の一年生に入ってきた。そのときは三つ編みの髪を二本垂らしていた。瞳が輝いていた。制服の濃紺のブレザーをいつも着ていた。すんなりした足は敏捷であった。もともとは男子校だったたから女子学生の数は男子の十分の一ぐらいであったし、話をする機会も少なかった。

知り合って言葉を交わすようになったのは、同じ選択科目のクラスでたまたま席が近かったためであったが、ときどき休み時間に階段ですれ違ったりするときに挨拶をするぐらいであった。彼女は同学年の女友だちといっしょにいることが多かったが、それでも顔を合わせることは楽しかった。

それが、病気見舞いか何かのきっかけで手紙を出すようになってから、急に親しくなった。結婚するまでに互いに何百通もの手紙をやりとりした。デートは勤めの休み、日曜日に限られ、宮城の周囲などをひたすら歩いた。映画やレストランにもたまには入ったが、金のかかることはあまりしなかった。ただ歩き、ただ語り合うことが多かった。

いまでは、三つ編みの髪は白くなり、輝いていた眼には老眼鏡が必要となった。すばしこかった足は日常生活の自転車こぎによって年齢なりの姿となり、ときにはそこに絆創膏を貼ったりしている。

こういう私自身も髪は薄くなりあるいは抜け落ち、眼は涙が止まらなくなっており、耳には補聴器をつけた。

ただ変わらないのは、今でも夫婦はよく話をする。よいにつけ悪いにつけ、あるいは何でもないようなことでも話し合う。よく一心同体とはいわれるが、大事なことは夫婦が情報を共有するということではないだろうか。

「妻愛す　妻につながる人愛す」私の旧作である。互いに欠点のある夫婦ではあるが、悪口だけは避けたい。とくに相手の親兄弟の悪口は言わない。そして文字にならない夫婦の会話はこれからも続いていくに違いない。

第六章　病んだときの頼り

寝返りの視野から妻の姿追う

病気入院は盲腸手術を入れると五回になる。決して威張れることではない。千葉に来てからの四回は癌がらみであった。最初は直腸のポリープで東京の赤坂病院へ。五十五日間妻は毎日欠かさずに東京まで通ってくれた。

二回目は胆嚢炎で印旛沼近くの千葉北総病院へ。家から片道二時間余と遠かった。ここも毎日通って貰った。病院は立派だったが、周囲は田舎で道路に「タヌキ注意」と運転者向けに看板が出ていた。手術のあとで切り取った肉片に癌が発見された。半月後に再入院をしたが、結局腎臓が不調で治療はできなかった。私はすぐにでも退院したくてそうしたが、あとで「もう一日長くいれば保険が貰えたのに」と妻に愚痴られた。気が弱くなると家に帰りたくなることを実感した。

三回目は家の近くの柏南病院。歩いて五分のところを救急車で運ばれた。癌で大量の下血、胃を三分の二切った。

四回目は職場の健康診断で精密検査を求められ、結果は胃癌。柏の国立がんセンターに入院、胃の残りや脾臓を全摘、六十一日の入院となった。

いずれの入院でも妻は毎日通ってくれた。川柳の方々にもたくさんお見舞い頂いた。冒頭の句は入院中の体験句である。妻は私に対してだけではなく、私の母の入院には自転車で松戸の病院まで四十分をよく通ってくれたし、東京に住んでいた妻の母の看病にもマメに通っていた。これらは単に情だけでなく、相手の立場に立ち理性で通っていたと、私は解釈している。

妻信ず妻の勧める薬飲む

胃癌手術から半年して、リンパ節に癌の影が見つかった。もう手術も放射線治療もできないということで、月二回がんセンターに通い、抗癌剤の治療を受けた。二年余りはＴＳワンという薬を飲んだ。保険でもけっこう高い薬である。これとは別に妻は、健康雑誌などを調べて、きのこの粉や錠剤を買ってくれている。これもかなり高額である。ほかに、胃を取ると鉄分が不足すると聞いて、それ用の錠剤も量販店から調達してきてくれている。医療薬ではないから、効果のほどは明確ではないが、ともかく免疫力増強には効くとされている。私はそれらを疑うことなく飲んできた。

会う人ごとに「元気そうだ」とか「顔色がいい」などといわれるが、私の考えでは、抗癌剤、サプリメント、プラス自分自身の前向きの気力が総合的に効いているのではないか、と思っている。人と会って話をすること、川柳を楽しむことは、気力を高める上で役に立ち、担当医もそう勧めてくれている。従って、七十二歳までウィークデーは仕事を続け、東京までの往復三時間を通勤した。土曜、休日、それにウィークデーの夜は川柳に没頭しているが、これまた半端ではない。月に定例句会は六か所、講座は三か所を持っている。定期の原稿執筆は月に三本、選句が三本あり、ほかに臨時の原稿や選句が月平均二本くらいはある。全日本川柳協会の仕事も増えており、地方への遠出も年四、五回はある。これらをすべてこなしてやっていけるのは妻の勧める治療法を続けているからだと思っている。

抗癌剤の切れ目妻との旅思う

年をとってから妻と一緒に旅をしたことはあまり多くない。地方で全日本川柳大会があるときも、これへの同行を妻はあまり喜ばないし、自分で旅に出ることもほとんどない。川柳大会の行事がある間に一人で見物していてもつまらないと言う。姉が生きていたときは、私が行事に出ている間、二人でよそを見てくるということがあったが、いまはその姉もいない。

とくに私に癌治療がある状況では「あなただけが行っても、みんなと一緒なら万一のことがあっても面倒を見てもらえるでしょう」という。また「あなた一人を家に残して旅行に行って万一のことがあると、誰にも看て貰えないでしょうから、自分は家を離れるわけにはいかない」とも言う。ということで、いまの私の遠出は一人旅、妻のほうはめったに旅に出ないということに相成っている。

夫婦で記憶に残っている旅は、妻が長男を宿していたときの東北めぐりであった。今から思えばささやかな旅だった。大阪を出て酒田の妹を訪ね、十和田湖を渡り、浅虫温泉から松島を見て東京の実家に立ち寄るだけだった。山形でグリーンアスパラを初めて食べ、青森では魚の「スズキ」の発音が通じなかった。この旅を生涯忘れない。

外国旅行も私は仕事で欧米、ラテンアメリカなどへ何度も出かけたが、妻は連れて行っていない。そんな思いから、右のような句を書いた。仕事をやめたら果たして実現できるであろうか。

胆のうの癌を見つけた妻の勘

平成八年、二回目の開腹手術は胆のうの全摘であった。柏の柏南病院の坂井博院長は、私の顔色を見るなり即入院を告げた。胆のう炎に始まる多臓器不全の治療が行われたが、一進一退を繰り返した。たまたま柏南病院に出向しておられた日本医科大学付属千葉北総病院（印西市）の小川理郎先生が北総病院の救命救急部長に相談をされ、透析設備のあるその病院に転院することになった。救急車には小川先生と妻が付き添ってくれた。家から二時間も掛かる病院に到着するなり人工透析が始まり、妻は深夜まで待機してくれた。その後も毎日通院してくれた。その病院では胆のうを摘出、結局一〇八日の入院となった。第一発見者の坂井先生と転院の方向づけをして下さった小川先生は命の恩人と思っている。

手術後胆のうを見せられた妻は、執刀医の先生に「癌はなかったでしょうか」と尋ねた。先生は「肉眼では分かりませんが、念のため調べてみましょう」と言われた。その結果は胆のうに癌が発見された。

これはまったくの妻の勘であった。以後私は体内に癌の芽があるとの自覚をするようになった。もしこのことがなかったら、私はまた飛んで跳ねて本格的な癌になっていたかも知れない。妻に生かされた、とこのときから思ったことである。妻の勘は単なる当てずっぽうではない。消去法のときもあるが、小さないくつかの事実を積み上げる帰納法が多い。どことどこの具合が悪ければ胃癌の疑いがある、などと言う。

風邪薬妻の生姜とレモン汁

私は、世の中の潤滑油には自分のバカやちょっとした失敗を笑って貰うのが一番だと思っている。胸を張ったかっこうのいい話は面白くもおかしくもない。川柳も同じだと思う。失礼ながら認知症も潤滑油である。私も軽い認知症に罹っていると自認している。そうでなければ洋式トイレの蓋に座ったり、メガネの上から目薬をたらしたりはしないであろう。妻は「それは運動機能の衰えでしょう」と助け舟を出してはくれるが、五十歩百歩であろう。

先日私より高齢の親しい知人と話していたら、その知人は勤めの電話番号は覚えているが、自宅の電話を忘れて困るという。大いに笑った。かつて職場の上司が高齢で入院中の実母に会いに行くとその実母が付き添いのお嫁さんに「この人はどこの人か知らんが、来ると文句ばかり言うので、もう来させないでくれ」というのには弱ったという話を聞いたことがある。これもすれ違い、忘却の笑いである。当人が真剣であるだけになおおかしく、悲しい。人の終末はこんなものなのであろう。

こんなことを最近の風邪の床で思い出していた。

食欲もなくひたすら眠る私に妻はいろいろな食べ物を運んでくれる。中でも生姜とレモン汁を温めた甘い飲み物が口に合った。ねぎが風邪にいいとも聞いたが、甘いものが口にやさしい。そうこうするうちに風邪の症状も取れた。飲み物をエネルギーとして蓄えてあるのですぐさまいつもの私が動き出したのである。私にはこれがよく効く。

妻の名は介護ロボットには向かぬ

私が癌などでずいぶん妻の看護を受けたことはすでに述べた。年のせいか、最近の会話の中ではよく介護の話が出てくる。私は年齢、体調から多分先にこの世から失礼する公算が高いが、妻はときに「私が寝ついたら誰が面倒をみてくれるのでしょうね」という。内心では何とかなると思っているが、具体的な事例となると返事に困る。日頃何でも明快な応答を心がけている私も、さすがにむにゃむにゃと言っているしかない。

最近実用化されてきたものに介護ロボットがある。風呂に入れてくれたり、着替えを手伝ってくれる親切なロボットもある。先年開通したつくば新線の沿線にある大学や研究機関では、ロボット開発も盛んである。つくば市の産業技術総研で開発した認知症患者向けなどにアザラシ型のペットロボット「パロ」が効果を上げているという。筑波大学の高齢者や障害者向けのロボットスーツ「ＨＡＬ」は、人間の動作より一瞬速くセンサーが働いて動きを支援するという。

介護ロボットが人間よりも便利なはずはないが、そんな話を持ち出すと、妻は「そんな便利なロボットがあるのなら世話になったらどうですか」と言わんばかりの顔をする。実用化されたとは言え、どんな機能までこなせるのか、価格はいくらか、具体的な段階にはなっていない。妻の代わりをしてくれるロボットができたら、何と名づけるのであろうか。まさか妻の名をつける訳にはいくまい。

カバンには妻の手製のおやつあり

癌で胃を取ってから、三食の食事は以前の半分ぐらい、ご飯は茶碗に半分ぐらいになった。医師はアルコールも飲んでよいというが、ビールは十分の一、ワインはグラス一杯になった。正規の食事が減った分はおやつで補っている。

毎朝妻が用意してくれるおやつをカバンに入れて出かける。定番はカステラと乾燥いもとなっている。口に入りやすいように小さく切ってラップにくるんでもらう。それを車中でも職場でも食べてカロリー補給をしている。職場では事情が分かっているので気兼ねなく食べているが、電車の中では多少気を使うと妻には言っている。

最近は若い女性もペットボトルからお茶を飲んだりスナック菓子を食べたり、お化粧までしているから、あまり気にしなくてもよいのかも知れないし、誰もこちらを見ている人はいない。それでもいい年の男がカバンから書類でなくカステラを出してもぐもぐやるには、体面と腹具合との間に小さな葛藤がある。

おやつによるカロリー補給の効果はすぐには分からないが、何か月かあとには着実に体力となって現れた。手術後十キロ以上減った体重は下げ止まり、今は横這いを続けている。それよりも大事な気力はもとに戻ろうとしている。

太っているときには痩せたくて体重計に乗ったが、今は太りたくて乗っている。

残りもので妻を太らせてはならぬ

胃を全摘してから私の食事は急に細くなった。ご飯は手術前の半分、どのおかずにも一応箸はつけるが、残すことが多い。医師には必ず「食事はどうか」と聞かれるし、食事が体力を維持するための基本であることはよく承知している。

妻は庭に野菜や果実の木を植えたりして、身体によいと思うものをいろいろこしらえてくれるから、食べ残すと内心申し訳ないと思っているが、それを全部食べると、腹が苦しくなる。胃を取っても腸が代わりをするという説は私に関しては当てにならない。

食事の後はよくソファーに横になる。子どもの頃にはそのようにすると「牛になる」と親に注意をされたが、それは行儀の面からであって、いまは「親が死んでも食休み」という格言のほうを重んじている。問題は残したものを妻がどう処理するかである。妻はたいていは先に食べ終わる。元気な頃は晩酌をしながらの私のご託を聞いてくれていたが、今はそんなこともあまりない。お互いに終わるとテレビのほうを向いていることが多くなった。

何となく妻の後ろ姿に肉が付いてきたような感じがすると、私の食べ残しを、もったいないと思って無理して食べているのではないかと気になる。そんなことで太り過ぎにしては申し訳ないと、考えている。ではどうしたらよいか。もったいないけれど残したら捨てることである。飢餓の子ども達には申し訳ないが、私は捨てさせて頂く。

そこまでの散歩へ妻に背を押され

私はゴルフも水泳もやらないし、若い頃は洋弓の道具を買ってきたこともあったが、掛け声倒れに終わっている。三十年ほど前には物置にピンポン台を買って、たまに夫婦で遊んだことがあったが、いつの間にか台は物置台に代わり、最後は分解して焼却される運命となった。運動らしいものは何もしていない。

妻は毎日買い物や、庭仕事で身体を使っている。子どもの小学校時代に始めたママさんバレーは、先年私の入院看護を機に止めたが、テレビ体操をしたりして、運動には気を配っている。

新しい住宅団地ができたりすると、見学と称して散歩に誘われるが、私がパソコンの前を動かないと、話が立ち消えになる。二〇〇六年四月、清掃工場が近所にできた。ゴミ消却の余熱を利用する温水プールや会議室の案内が来た。散歩がてらにオープニング・セレモニーに出かけた。来賓席のすぐ後ろの席しか空いていなかったが、そこでは、市長に妻と並んでカメラに収まって貰う余得があった。

またある日、麗澤大学内で行われた祝賀会へも、妻のガイドで約三キロを歩いた。たまに歩くと新しい発見もある。新しい大型店ができていたり、その逆に古くからあった店が消えていることもある。林や畑が住宅に変わっていて驚くこともある。

パニックは妻の故障でやってくる

世の夫たちは、妻が病気や怪我のために家事ができなくなる、という状況に対する想像力が欠けている。私もその一人である。

病気になる確率は夫よりも低いとは限らない。夫は勤め先で定期的に健康診断を受ける機会があるが、妻はその判断も自分でしなければならない。知らないセールスへの応対をする、包丁を使って料理を作る、鎌を扱って庭の草木を整える、買い物の自転車に大きな荷物を積んでくる、事故に遭う確率は会社勤めよりも多いかもしれぬ。

先日、妻が労働のし過ぎで、全身が痛くて動けないことが起きた。これはまさにパニックで、夫たるもの何から手をつけてよいか分からなかった。トイレットペーパーの予備がどこにあるのかも、冷蔵庫にはどんな食品があり、その賞味期限はどうなっているのか、それらを毎日の食卓で使う食器類のありかも分からない。

けっこう面倒なのは集金への応対である。今ではほとんどが銀行引き落としになったが、町会費、募金、郵便局へのハガキ代など臨時のものでこまかいお釣りのいるものがある。

古新聞や資源ゴミの回収日はカレンダーに印がついているとは知らなかった。いちいち妻の床まで聞きに行かねばならなかった。これから老後に向かい、少しは家事を覚えねばならないとまじめに思った。でも妻の体調が回復するとこれらの心配は何事もなかったように忘れてしまうのであった。

妻の言葉聞く補聴器を張り込もう

老化はとうとう耳にまで攻めてきた。正面を向いての会話はまだ大丈夫だが、うしろからの呼び掛けや、水仕事をしている妻との会話は聞き取りにくくなった。耳が悪いと、聞こえていないのについつい妻にもいい加減な答えをしてしまう。補聴器をしているというのはあまりかっこうはよくないと思ったが、補聴器センターに飛び込んだ。高齢化で潤っている商売のひとつと言えるのか、店はけっこう繁盛していた。

音声テストののち商談に入った。目立たない小さな補聴器はよく聞こえて具合がよさそうだった。値段の話になると、片耳で二十四万円、両耳で四十万円ちょっとだという。安くはない。でも今さら要らないとも言えないので、まずは左耳分だけを注文してきた。眼鏡、入れ歯、補聴器、それに転ばぬ先の杖は前々回の手術入院のときに買ったのがあるし、電動マッサージ器もテレビの前にあるので、老化対策の七つ道具はかなり揃ったといえる。残りは、老人手帳とおむつぐらいだろうか。補聴器は早いうちにつけたほうがよいとは医師も言っている。思ったより補聴器をつけている人の数は多いようだ。

最近会った人にこの話をしたら、そんなに値段の高い補聴器でなくとも二万円ぐらいの機械で十分によく聞こえると言われた。いまのものが壊れたら、それにしようかとも思った。その話を補聴器センターにしたら、それは拡声器と同じだから声だけでなく雑音も拾ってしまうのでよくないとのことであった。ほんとうだろうか。

妻のぬくみに馴れ過ぎるのも良し悪し

手術前に太っていた頃は割合い寒さに強かったが、痩せたせいか、それとも年のせいか寒さが応え、厚着もするようになった。

いまの家に建て替えるとき、光熱費の長期的な節約を考えて、というよりは多少私の新しいもの好きの性格で、屋根を太陽光発電にした。これで毎月の電気代は大幅に安くなるはずであった。そこまではよかったが、冷暖房もぜいたくに採り入れたし、いろいろな電気製品の待機電力もバカにならない。結局、東京電力との電気料金収支は赤字になる月が多い。冬になると、さらにいろいろな暖房が恋しくなる。

朝は妻のほうがいつも早く起きる。エアコンのスイッチを入れてくれているので、着替えも楽である。夜は夜で入浴前の浴室に温風を送り込んでおいてくれている。裸で脳卒中でも起こされたら、という配慮かも知れない。トイレットのウオッシュレットは電源の入れっぱなし、居間の床暖房は私がスイッチを入れることが多い。こうして、電気代はかさむばかりなのである。それにいつの間にか妻が用意してくれるぬくみに馴れ切っているうちに寒さに対する耐性がなくなってしまうかも知れない。

太陽光発電はクリーンではあるが、設備投資額と電気料金節約額とがバランスすることはないと言われている。でも懲りずに次は風力発電も考えている。あの大きな風車は一台一億円以上するという話だが。

体操の妻をしげしげ眺めてる

健康を考えてのことか、もともと運動が好きなのか、妻は運動に関心が高い。三十年も前だが家の物置にピンポン台を買い込んで、夫婦でやったことがある。中学時代に選手だった私と腕前は同じぐらいであった。ママさんバレーは、長男が小学生の頃に始め、六十になるまでやっていた。いまはテレビ体操に合わせたり独自の動作を考え出したりして身体を動かしている。腰をひねったり、床に頭をつけたり、片足で立ったりしている。これが人間の長生きに役立つのであろうかと思うが妻の顔は確信に満ちている。

私はと言えばうっかり真似をするとふらつくので、妻のストレッチングをただ眺めているほうが多い。それでも勤めをやめてからは、テレビ体操のお姉さんにならってぎごちなく体を動かすようにしている。もっぱら近くを歩くのが運動となってしまった。妻には「腹筋が弱ると姿勢が悪くなる」などとときどき注意を受けている。

スポーツはテレビで見るのが楽しみであるが、福原愛ちゃんの卓球、荒川静香さんのフィギュア・スケートもイチロー、松井秀喜選手の打撃もただただ凄いと感心するだけである。

少年野球はいまの麗澤大学広池学園(当時は東亜外事専門学校)のグラウンドで夢中になってやっていた。そのころ、もと宮様ご一家がおられ、学生とよく野球をなさっていた。見物をしている私達にもおやつのふかしたジャガイモを配って頂いたことをいまだに忘れない。

陽から身を守るも妻の頬かむり

最近の私は朝寝坊である。目が覚めても八時を過ぎないと、床から起き上がれない。隣を見ると妻はたいてい起きて何かをしている。たまった新聞を読んでいることもあれば、庭に出て作業をしていることもある。妻はいまの私より力が強い、というか馬力がある。

新聞やテレビを見ている以外は、何かしら仕事をしている。買い物も食料のほかに肥料や土の袋を十キロも自転車に付けて来ることもある。組み立て家具の材料を運ぶぐらいはしょっ中やっている。本箱や物入れなどを組み立てるのも彼女がやっている。庭の木の手入れに電動の砥石やノコギリも買い込んできている。電動ノコギリは職人から危険だと言われて、さすがに使っていないようだ。頬かむりは彼女の戦闘帽なのである。

踏み台を持ち出して、セントラル換気の部品交換もしている。私はというと、目も悪いしマニュアルを見るだけでおっくうになる。業者に対する修理部品の請求もままならない。とにかく家事万般をこなして貰っている。実は私の税金の確定申告までもやって貰っている。そのための一年分の領収書などの整理もあまりやっていないから、自分でやれと言われるが、それもやる暇がない。私はまだ税務署に足を運んだことがないが、ときに「法学部出身じゃないの」と嫌みらしきことを言われることもある。いまの私は「書を編みて力仕事は妻まかせ」といった状態である。力仕事ばかりではない。書類整理も計算作業も妻まかせになっている。

第七章

妻と生き物たち

妻を待つ小高い位置に子も猫も

我が家に最初に迷い込んで来た小動物はメス猫であった。茶のトラ猫だったので「トラ」と呼んだ。初めのうち、夜は猫を表に出していたが、子ども達は家で飼いたがって、いつしかそうなってしまった。それでも猫の世話は、結局妻がやっていた。当然トラは妻に一番なついていた。

子ども達は小学校から帰ると、まずトラを捜して、その姿を見るとほっとしているようであった。野良ではあったが賢い猫だった。妻が新聞を読んでいると、構ってもらいたくて、背中に昇ったりしていた。妻が使いに出たりするとトラは塀の上や木の股に昇って妻の帰りを待っているようであった。

子どもたちも妻の留守には、何となく淋しいようで、すぐ「お母さんは？」と聞く。「お父さんは？」と聞くことはなかったと思う。子ども達が少し手の離れたころ、妻に学校の仕事の話が来たとき、私はつい反対をしてしまった。それ以降妻は勤めると言い出すことはやめてしまった。妻としてはそこで社会進出の芽を摘まれたと思っているかも知れない。専業主婦をとおしている。プロの主婦といったほうがよい。

ところで、トラは何回か出産をした。最初の四匹の子猫は近所の家で貰ってもらった。その中で貰い手のなかった三毛は「ミーコ」と名づけて飼うことにした。この三毛はやんちゃ猫で、弟猫や妹猫をよくいじめていた。しかし、後にこのミーコから感動的な姿を見せられることになった。母猫のトラが、出産後間もないある日外に撒かれていた毒餌を食べて死んでしまったのである。

するとまだ出産経験もないやんちゃ猫のミーコが、まだ目も見えない弟や妹の猫の面倒を見始めた。ダンボールから這い出すと首を銜えて連れ戻したり、毛を舐めてやったりする姿には、母性本能そのものを見る思いであった。やがてそのミーコも毒餌によって死んでしまい、他の猫たちもいつしか姿をくらましてしまった。

以来しばらく我が家ではペットを飼うつもりはなかった。それでも末娘が受験期に友達から子猫を貰ってきて押し入れでこっそり飼っていたこともあった。勉強に疲れたとき、気持ちを猫に癒される効果は小さくなかったであろう。知らず知らずのうちに子が猫に学んだこともあったに違いない。子の情操教育にペットはきっと役に立ったと思っている。

妻と――その六

妻の機嫌リンゴの皮を長く剥く
脱いだなりシャツ裏向きに洗う妻
風の向き妻の褥も流氷も
まんだらに妻と見知らぬ男たち
弁当もカバンも妻の支給品
名を知らぬ星の話を妻とする
妻と貼り合ってる腰のテーピング
いびきかく一部始終を妻に聞く
代参は妻にまかせる母の墓
しし唐の辛さは妻の怨みかも

野良猫に監視されてる庭仕事

子供たちが成長して家を出てから我が家に現れた動物はやはり野良猫であった。こんどは茶のオス猫で、どこかで飼われていたのか人なつこい。餌はやらないことにしているが、いじめることもしないので、よく庭を徘徊している。夜私が勤めから帰ったときに門で待ちかまえているときがある。声をかけると腹を見せて寝転がり、親愛の情を示す。妻に対しても同様で、妻は箒で腹を撫でてやったりしている。飼うつもりがなかったので、名前もつけてやらなかったが、こうまでなついてくると名前で呼びたい。安直だが「ノラ」とした。イプセンの戯曲『人形の家』の女主人公と同名であるが、こちらはオスである。野良猫だから「ノラ」と呼ぶのはいささかいい加減だが、呼び慣れると響きは悪くない。

オス猫は春にはメスを巡って熾烈な恋の戦いがあり、疵だらけになって帰ってくる。人間の恋のさや当ても本来はこのように激しいはずのものと思うとぎょっとする。

ノラは妻が庭仕事をしていると、近くでじっと見ていることがある。人間が何をしているのかに興味があるのかも知れないが、まるで人間の方が監視されているような感じである。

老化は人間以外の生き物にもきびしい。ノラもあちこち傷を負い、目をしょぼつかせてよたよたと歩く。そのうちに家に寄りつかなくなり、風の便りにどこかで倒れていたと聞く。

蛇カブト妻が助けた命たち

私は田舎で育ったこともあり、小動物が苦手ということもないが、蛇は好きになれない。見ればいじめたくなる。トカゲやヤモリは嫌いではない。トカゲは子どものころ捕まえては家に持ち込んで母に嫌がられたが尻尾を捨てて逃げるところが面白かった。ヤモリの逃げ方もその足取りに愛嬌がある。

妻は都会育ちであるから、あまり動物に接してはいないはずであるが、特に怖がりもしないし、いじめもしない。どちらかというと自然に放してやると言ったほうがよいかも知れない。

蛇は家の周りでときどき見かけるが、軽く追うだけで、蛇が住んでいるのはむしろ自然環境のよさと解釈している風に見える。カブト虫や蝉は庭で孵《かえ》るが、見るだけだ。堆肥置き場はカブト虫や蝉にとって安全な冬眠場である。既に角も羽根も形になっている幼虫を見ると命が健気である。家の中に入ってきた蜂も私が殺そうとするのをたしなめ、妻は窓から逃がすほうが多い。

助命された小動物たちは用心深くなって、人に近づかなくなるものもいる。

私たちの子どもの頃は虫たちとの付き合いも多かった。篭や巣箱を作り、餌を与えて育てることも遊びの一環であった。ときにはいじめて命を奪ってしまうこともあったので、手加減をすることも覚えた。上手に育てることは友だちへの自慢にもなった。今の子は虫とのそんな関係も稀薄になって知恵も回らなくなったかも知れない。

妻からはメロンを貰うカブト虫

「なーんだメスか」。カブト虫はやはり角が生えていないとそれらしくないので、思わず私が漏らした言葉を覚えていて、妻は「はい、オス」と、こんどは角の生えたのを捕まえてきた。いずれも我が家の庭からの貢ぎものである。新聞記事ではデパートのクワガタもカブトも輸入ものが増えて値が下がったという。我が家のものは純国産である。妻の捕虜は、伏せたざるの中にメロンの切れ端とともに入れられている。カブト虫も私に捕まるとろくな待遇を受けないが、妻に捕まったときは、季節の果物を貰えるというわけである。

私はというと、時々覗いてはカブトの食欲を確かめ、夜はデッキに置き、朝には開放するので、言わば一泊二日の客人といった扱いである。こんなことでも、小さな非日常であり、夫婦の会話が豊かになる。自然との共生が大事なのは、別に大上段の話ばかりではなく、小さな話題提供でも生きる潤いになる。虫たちも、野良猫たちも妻の前には安心して姿を現し、木々や草花たちも妻とは阿吽の呼吸で花をつけるように思える。一方の私にはどうも自然のほうで警戒感を持っているのではないかと思う。

子どもの頃の価値観では、クワガタ（オニムシと呼んでいた）よりもカブトのほうが上だったように思う。いつからか逆転したようだ。カブトの仲間だがコガネムシは小さいし風格に欠ける。風格が大事なのは人間だけではないと思う。

ゴキブリを見つけて妻に引き渡す

新築当時はいなかったゴキブリがいつの間にか現れるようになった。家の中で小飛行を試みる奴もいる。私はその足の早さに追いつけず、捕獲を諦めている。「こいつはスペイン語でラ・クカラーチャと言うんだ」などと言ってその歌のリズムを口ずさんだりしてごまかす。妻は、と言うとスリッパを履いた足で踏みつけたり、素手で押さえ込んで捕まえている。艶々とした焦げ茶色のこの虫は懸命に逃げようとするが、妻はそうはさせない。他の小動物や虫には割合に寛容な妻もゴキブリには厳しい。ゴキブリは湿気の多いところやゴミ捨て場などを歩き回るので、不衛生だという考えを持っているようである。

ゴキブリは昔アブラムシと呼んでいた。夜人が寝静まる頃にも活動するが、昼間出て来ないというわけではない。雑食ということは人間と同じで何でも食べる。贅沢もするし粗食にも耐えられる。人間の生きている周辺はゴキブリにとっても生きやすい環境なのであろう。昔、新聞社に勤めていた頃、活字をしまっておく箱がゴキブリの巣になっていたことを覚えている。繁殖力もものすごい。どこからか飛んで来て姿を見かけたと思うと、次に見るときには十匹以上に増えている。こんな性質も妻にも嫌われる原因なのだろう。

ゴキブリは夜行性なので、私が夜台所へ水を飲みに行くと慌てて物陰に隠れようとする。その姿はむしろ可愛らしく思える。

蜂退治妻はレンジに閉じ込める

すずめ蜂や足長蜂など大型の蜂の巣はどうするか。蜂は日中は活動的で危険なので、早朝か日没後がチャンスだという。妻はスーパーのビニール袋で蜂の巣を木の枝の付け根ごと包んでしまう。その後が厳しいアイデアである。袋をそのまま電子レンジに入れてチンをしてしまう。刺客の蜂もこれにはたまらない。全員天国行きである。

私は昔蜂の子を炒って食べた思い出がある。薄甘くて美味しかった。そこでレンジから取り出した蜂の巣から子を引き出して食べてみたが、味はもうひとつであった。やはり炒ったほうが味はよさそうである。妻は「私が一人で蜂を退治できる方法は、ほかにない」と言う。蜂の子は羽化寸前の形のものや頭だけ黒くなっているものもいる。これは味で食べるもので姿で食べるものではない。

夏はムカデも出てくる。二階を川柳の勉強会に使っているので、女性に悲鳴を上げられてもまずい。これは私の仕事である。最大の武器は紙切り鋏である。ムカデも壁や階段の隅の暗いところに逃げ込もうとする。動きが鈍ったところで、長い胴の真ん中あたりに狙いをつけて、無惨にも二つに切る。切ってもなお動き回るので、さらに四つに切る。それでも頭の部分が動いているが、もう勝負はついている。このまま放置すると、ムカデはいつかもとの姿に返るという説を子供の頃聞いたが、それはどうも怪しい。このまま往生してくれるようである。

妻も猫も温いところを知っている

家に長時間いるのだから当然かも知れないが、家の中の快適な場所を見つけることでは妻に敵わない。冬温かいところ、夏涼しいところもそうである。猫を飼っていたときに、猫の様子を見ていると猫も快適な場所を見つけるのが上手であった。夏、涼しい廊下の隅などをうまく見つけていた。

そこへ行くと私は自分の無知を思い知る。冬の朝、妻は着替えを床暖房のところに持っていって行き、そこで着替えているらしい。最初は何であんなところで着替えるのだろうと、疑問に思っていたが、理由が分かってみると、鈍いのは自分であったことが分かる。

夏は夏でどこの戸を開けると涼しい風が入ってくるかを知っている。柿の木の蔭にはいつの間にか小さなベンチが置いてある。これも後から気がついてなるほどと思ったものである。木の下ならどこでもよいかというとそうではない。虫がよく来るところにはクモが巣を張るから避けたほうがよい。キウイの棚の下は隙間がなさ過ぎる。妻はそんなことも体験から学んでいる。

猫と妻の違うところは、猫はあるがままの中から、いい場所をみつけるが、妻のほうは快適な場所を自分で工夫して作るのだった。こうした知恵は机上では出てこない。やはり身体を動かしてその場所に実際に行ってみないと浮かんでこない。二階の西側のガラス戸は夏になると西日が厳しい。そこにも妻はネットを張ってつるものを這わせ日蔭を作る。へちま、ゴーヤ、風船かずらなどの実験植物が並ぶ。

妻よ——川柳夫婦小史を

この句文集は、「川柳つくばね」誌二〇〇五年三月号から二〇〇七年三月号まで二十五回にわたって連載した「妻よ」という私の川柳とショートエッセイを一冊にまとめたものである。多少加筆した。

連載を始めるに当たっては若干のいきさつがあった。つくばね川柳会では内部のいざこざから、二〇〇五年三月に同会の句会が休会に追い込まれた。私は、太田紀伊子会長が、女性ながらに川柳会を立ち上げ、川柳講座などを通じて茨城県南に川柳を普及させてきた最大の功労者であり、私自身も同川柳会の創設、運営に関わってきたので、紀伊子会長を全面的にバックアップすることとした。

女性が困っているときについつい黙っていられないのは、子どもの頃「女をいじめる痩せ男」という囃し文句で育ったせいもあるし、学生時代にも「五萬人節」という歌で、「早稲田出てから十余年　今じゃ天下の法律家　一度《ひとたび》立った法廷に　助けた乙女が五万人」という好きな文句があった。乙女ではないと思うが、川柳発展のために彼女を支援することを決めた。

具体的には、つくばね句会の早期再開、番傘本社組織への加入、柳誌「つくばね」の充実、を紀伊子会長に進言した。幸いにして句会は三か月後に復活することができ、その後番傘傘下への加入も実現した。そして、柳誌の充実になるかどうかは別として、自らの新企画として「妻よ」の連載を始め、もう一つは科学技術をテーマとする「サイテク川柳」の募集（今も継続中）に着手した。日本の男はあまり妻を語りたがらないこともあって、「妻よ」には思わぬ反響が寄せられた。とくに川柳の女性たちからの共感の声を頂いた。

右のようないきさつで始めた「妻よ」の連載であったが、肝心の「妻」はどうかというと、「私は川柳をしていないのだから、あなたが自分のことを書いたらいいのじゃないですか」とまったく乗り気ではなかった。やむをえず、あまりミセス今川のプライバシーを侵害しないように注意しながら、それでもできるだけ嘘は書かないように二年半を書き進めてきた。夫婦の会話などというものは、大部分がその場その場で消えていってしまうし、いつもそんなに重大なことがあるわけでもない。でも、ときにはその日常の暮らしが二人の小さな生き甲斐に関わることもあるし、それが積もり積もって夫婦の生き方になるということにもなる。句文集が夫婦二人三脚の一断面、夫婦小史と言えないこともない。

たまたま私は今年三月で五十三年間の仕事人生に幕引きをした。子どもたちもみな独立している。これからは、自分たち夫婦の暮らしに目を向けることも多くなるのではないかと思う。一冊の本にするのもあながち意味のないことではない、と考えた次第である。

序文は、川柳のご縁でお知り合いになった主婦連事務局長の佐野真理子さんにお願いした。当初は「おしゃもじ」イコール妻の主張というイメージが私になくもなかったが、ご好意あふれるお言葉を頂き、いまはお願いしてほんとうによかったと思って感謝している。

表紙のマンガは、ユニークなアイデアの絵で評判の高い漫画家の西田淑子さんに今回もお願いした。西田さんとはマンガ以前も含め三十年以上のお付き合いがあり、乱魚の本の表紙は死ぬまで書いてくださるという約束になっている。読者にはきっと内容以上に笑って頂けると思う。

本書の面倒な編集は新葉館出版の竹田麻衣子さんにお願いした。この場をお借りして、皆さんに厚くお礼を申し上げる。

なお、この本の読者の中には、川柳は初めてという人がおられるかも知れない。あるいは新聞の時事川柳しか見たことがないという人もおられるであろう。そういう方にはここに挙げた川柳がごく普通のできごとを五七五で表現しただけのものであることがお分かり頂けよう。そして、これなら自分にも川柳が書けると思って頂ければ著者としては望外の喜びである。
最後、妻には書き方の気に入らぬところがあるとは思うが、本著に限ってはそんな箇所も目を瞑って貰いたいと思う。また、よそへの照れ隠しに「これは乱魚の妻に対する免罪符である」というような口上を口走るところも聞き逃して貰いたいと思っている。

二〇〇七年五月十日

今川　乱魚

■今川乱魚編著・監修

『乱魚川柳句文集』（崙書房／'95年）
『川柳贈る言葉』（新葉館出版／'97年）
『川柳ほほ笑み返し』（新葉館出版／'02年）
『ユーモア川柳乱魚句集』（新葉館出版／'02年）
『癌と闘う―ユーモア川柳乱魚句集』（新葉館出版／'03年）
『科学大好き―ユーモア川柳乱魚選集』科学編（新葉館出版／'04年）
〃 技術編（新葉館出版／'04年）
〃 生活編（新葉館出版／'05年）
『三分間で詠んだ―ユーモア川柳乱魚選集』（新葉館出版／'05年）
『ヨン様川柳』（グラフ社／'05年）
『銭の音―ユーモア川柳乱魚句集』（新葉館出版／'06年）
『李琢玉川柳句集　酔牛』（新葉館出版／'06年）

【著者略歴】
今川乱魚（いまがわ・らんぎょ）

1935年東京生まれ。本名充。早大法卒。

大阪で川柳を始める。999番傘川柳会会長。東葛川柳会最高顧問。東京みなと番傘川柳会元会長、番傘川柳本社幹事。(社)全日本川柳協会会長。日本川柳ペンクラブ常任理事。川柳人協会顧問。北國新聞、リハビリテーション川柳欄、川柳マガジン「笑いのある川柳」選者。千葉、東京で川柳講座講師。

第3回日本現代詩歌文学館館長賞、第9回川柳・大雄賞、第40回川柳文化賞受賞。

著書に『乱魚川柳句文集』、『ユーモア川柳乱魚句集』『癌と闘う―ユーモア川柳乱魚句集』。編著に『川柳贈る言葉』、『川柳ほほ笑み返し』、『科学大好き―ユーモア川柳乱魚選集』科学編・技術編・生活編、『三分間で詠んだ―ユーモア川柳乱魚選集』、『銭の音―ユーモア川柳乱魚選集』、『李琢玉川柳句集 酔牛』ほか。

住　所：千葉県柏市逆井1167-4（〒277-0042）
E-mail：rangyo@mug.biglobe.ne.jp
U R L：http://www2u.biglobe.ne.jp/~rangyo/

妻よ―ユーモア川柳乱魚句文集

○

平成19(2007)年7月31日　初版

編　著
今　川　乱　魚

発行人
松　岡　恭　子

発行所
新　葉　館　出　版
大阪市東成区玉津1丁目9-16 4F 〒537-0023
TEL06-4259-3777 FAX06-4259-3888
http://shinyokan.ne.jp

印刷所
FREE PLAN

○

定価はカバーに表示してあります。

ISBN978-4-86044-313-9

この書物の所有者は下記の通りです。

住所	
氏名	